O Segredo de Judith

Wudson Silva

O Segredo de Judith

MADRAS®

© 2017, Madras Editora Ltda.

Editor:
Wagner Veneziani Costa

Produção e Capa:
Equipe Técnica Madras

Revisão:
Arlete Genari
Ana Paula Luccisano

Dados Internacionais de Catalogação na Publicação (CIP)
(Câmara Brasileira do Livro, SP, Brasil)

Silva, Wudson
Anjos: o segredo de Judith/Wudson Silva. – São Paulo: Madras, 2017.

ISBN 978-85-370-1037-2

1. Ficção brasileira I. Título.

16-08798   CDD-869.3

Índices para catálogo sistemático:
1. Ficção: Literatura brasileira 869.3

É proibida a reprodução total ou parcial desta obra, de qualquer forma ou por qualquer meio eletrônico, mecânico, inclusive por meio de processos xerográficos, incluindo ainda o uso da internet, sem a permissão expressa da Madras Editora, na pessoa de seu editor (Lei nº 9.610, de 19/02/1998).

Todos os direitos desta edição reservados pela

MADRAS EDITORA LTDA.
Rua Paulo Gonçalves, 88 – Santana
CEP: 02403-020 – São Paulo/SP
Caixa Postal: 12183 – CEP: 02013-970
Tel.: (11) 2281-5555 – Fax: (11) 2959-3090
www.madras.com.br

A arte da persuasão está dentro de você, contra você.

A João Vitor, meu filho.

Índice

Introdução, **11**
Segunda-Feira, **15**
Terça-Feira, **23**
Quarta-Feira, **45**
Quinta-Feira, **63**
Sexta-Feira, **77**
Sábado, **85**
Domingo, **101**
Segunda-Feira, **121**
Dois Anos Depois (Final), **141**

Introdução

Havia quase uma hora que Dr. Santiago, o delegado responsável pelo caso do iconoclasta, conversava com seu melhor detetive.

– Mas, Clóvis, como um assassinato ocorrido nos confins do mundo pode estar vinculado à nossa investigação? Tudo bem que mataram essa mulher no quintal da casa paroquial, e que isso faça lembrar igreja, que faz lembrar altar, que faz lembrar imagens sagradas, etc. Contudo, basta-me pedir um relatório da polícia local e claro que a gente concluirá que nada disso que você leu neste jornaleco de cidade de interior tem ligação com nosso inquérito. É evidente que não passa de uma coincidência!

– Será uma isca, Santiago. Tanto eu quanto você sabemos perfeitamente que são casos distintos.

– Então, como fazer com que o iconoclasta caia numa armadilha que não tem nexo com os crimes elaborados?

– Mídia é tudo para ele, e tudo de que precisamos é um lugar afastado das redes de telecomunicações. Isso será tudo para nós!

– Como assim?

– Precisamos imobilizá-lo. Atraí-lo para um campo neutro – explicou Clóvis. – Aí sim, é fatídico, nós o pegaremos!

Santiago ficou a refletir. Tirou os olhos de sua antiga mesa de escritório e se deslocou para sua janela, no segundo andar do departamento da Polícia Civil. Suas vistas descansaram ao olhar para longe. Por mais desagradável que fosse aquela paisagem de prédios, carros e poluição, sentiu repousar sua mente. Apesar dos pesares, ele já não se sentia mal com aquele panorama acinzentado. Depois de tantos anos observando aquela triste paisagem, acabou por afeiçoar-se a ela.

– Mídia! – exclamou, voltando a ficar agitado. – É por isso que você está agindo dessa maneira. Essa coisa de ficar dando explicações a repórteres... até entrevista coletiva. Pura estratégia, seu ordinário! Agora é que entendi...

– E faz um bom tempo que o senhor não questiona meus procedimentos...

Santiago fez uma reflexão sobre seu comportamento nos últimos tempos. De fato, ele não reprovava mais seus métodos heterodoxos e deixava que as coisas se desenrolassem conforme os planos do detetive, mas não quis prosseguir a conversa. Contudo, um olhar foi o suficiente para que se reafirmasse uma mútua e leal confiança: uma cumplicidade.

– Quando eu falo em atraí-lo para um campo neutro – explicou Clóvis –, estou falando em levá-lo para um local em que não haja testemunhas também. Entendeu?

As sobrancelhas do delegado arquearam.

– Como?

– Um lugar longínquo, uma floresta ao redor...

– E sem ninguém por perto, poderemos encurralá-lo! – interpelou o delegado. – Ele vai ter de dizer a verdade, é isso?

– Mais ou menos.

O delegado voltou a ficar em silêncio. Bem que quis chamá-lo de louco, biruta, lunático, entre outras coisas, mas não precisava falar. O confiante sorriso de Clóvis condenava os adjetivos que fluíam em sua mente. Santiago já o conhecia muito bem.

– E o que você vai dizer se conseguirmos pegá-lo?

– Depois penso sobre isso. Só preciso que você espalhe a notícia de que eu estava muito estressado com esse caso e que o senhor me obrigou a sair de férias, que meu paradeiro é desconhecido. Ah! Pode falar à vontade que sou louco, biruta, lunático e outras coisas mais também, ok?

– Isso sempre digo!

Clóvis deixou sobre a mesa o jornal que relatava a ocorrência do assassínio da mulher no quintal da casa paroquial de uma cidade chamada Rio Vermelho.

– Uma semana – frisou –, é tudo de que preciso.

O delegado aceitou a proposta. Os dois se despediram com um aperto de mãos. O detetive saiu com passos firmes e calmos. Santiago guardou o envelope na gaveta, como se não se interessasse muito pelo conteúdo e abriu o jornal na página do misterioso assassinato:

Um crime bárbaro chocou a cidade do Rio Vermelho na manhã de ontem, quando foi encontrado o corpo de Judith Figueiredo, 32 anos, no quintal da casa paroquial. O corpo estava no centro de uma estrela riscada no chão. Ela estava bem-vestida e não havia vestígio de estupro.

A polícia acredita numa provável vingança de um homem que não lhe perdoou por um choque acidental que o fez cair na rua, no centro da cidade. O suspeito tem fama de feiticeiro. Várias testemunhas o ouviram recitar algo em um idioma estranho após sua queda. Ele parecia chantagear a jovem catequista...

Santiago interrompeu a leitura e passou a observar as duas fotos que mostravam o rosto de uma linda mulher, uma destacando um sorriso jovial, e ao lado, seu corpo rodeado por uma estrela de seis pontas riscada no chão.

Concentrou-se no sorriso da jovem catequista e começou a rir. Os risos evoluíram para gargalhadas desenfreadas... Não conseguia mais parar. Precisou se sentar por ter perdido as forças. Por fim, começou a suar e tossir como se não tivesse mais poder para conter suas emoções. Só depois de muito tempo conseguiu retomar o fôlego.

Segunda-Feira

É, existem coisas neste mundo que só acontecem comigo. É ridículo eu estar sentado à sombra desta castanheira, o ponto final de um ônibus que nunca chega na hora marcada.

Também, pudera! Com aquele motorista ruim. Aliás, todos o são, nenhum ônibus chegaria aqui no horário combinado. É um infindável embarque e desembarque de pessoas que se despedem dos compadres, mandando lembranças para toda a família e deixando a impressão de que nunca mais se verão na vida.

Até parece que há passageiros adorando viajar por esta estrada empoeirada, cheia de buracos, neste calor infernal.

E eu sou obrigado a ficar aqui esperando uma pessoa que nunca vi na vida, só porque o ordinário do promotor não gostou do resultado das investigações do delegado e exigiu a presença de um detetive da capital para reforçar na investigação?

Aquele infeliz me chamou de incompetente na cara! E, se não bastasse, o irresponsável do delegado viaja e deixa essa bomba na minha mão.

Só acontece comigo.

A porcaria do ônibus chegou, enfim, atrasado, claro.

Nem farei questão de me levantar para dar boa-vindas ao tal detetive. O primeiro desconhecido que chegar com um monte de bolsas e pedindo informações será ele, oras.

Dito e feito!

Estava de costas, aparentava uns 60 anos, meio corcunda, grisalho e calvo: uma enorme calvície até a nuca. Pela aparência deve ser enjoado. Enquanto ele se informava, fui pegando o monte de malas que estava próximo a ele.

– Isaías? – disse o velho.

Não era o detetive, era meu tio Pedro que conversava com o trocador.

– Pode deixar, meu rapaz, o meu sobrinho vai me ajudar a levar as bolsas.

Dia ingrato! Agora tenho que levar meu tio para casa, e depois voltar para acompanhar esse detetive desgraçado até o hotel...

– Tudo bem, pode levar seu tio, eu aguardo – disse um homem mais alto e mais jovem que eu. Surgiu entre os outros passageiros e pareceu adivinhar meus pensamentos.

– Então Rio Vermelho é aqui – prosseguiu, mantendo um sorriso antipático e observando as casas ao redor da praça. – Aguardarei ali, num daqueles bancos perto da matriz. Ouvi dizer que há buracos de balas de um tiroteio contra um delegado. Sobrou até para igreja. As paredes e as palmeiras estão todas baleadas...

Notícia ruim espalha logo. Definitivamente, ele não tinha a menor panca de detetive!

– Você foi chamado na semana passada – mencionei. – Por que tanta demora? Rio Vermelho não é tão longe assim, é?

– Tive de resolver uns problemas com um iconoclasta.

– Problemas com quem?

– Deixa para lá. É outra história. Vá lá levar seu tio e depois a gente conversa, ok?

Despedi-me e entrei na Variant com meu tio tagarelando sem parar. Ele queria saber como estava minha mãe, pois a notícia de que estava internada havia sido um choque. E gente velha só pensa no pior.

Mamãe realmente estava nas últimas, mas resolvi dizer que estava se recuperando; pelo contrário, escutaria aquela baboseira de levá-la para um hospital melhor. Todo mundo vai para um hospital melhor, porém, os médicos e os enfermeiros são sempre as mesmas porcarias.

Deixei tio Pedro lá em casa – um belo complemento para minha família: uma esposa imbecil, dois filhos e uma filha destituídos de qualquer graça e, agora, um tio evangélico e tagarela.

Retornei pensando no preço da gasolina que, com certeza, não seria reembolsada.

Estacionei próximo à igreja e me sentei no banco do lado oposto da praça, um local bem visível aos olhos daquele tal detetive. Apesar das grades a meia altura que cercam os canteiros eu o via, então ele também podia me ver. Tomara que perceba que estou com pressa!

Só que ele estava tão entretido que nem notou minha presença. Parecia fazer mágicas para um monte de pivetes que vivem na praça. Só mesmo criança cai nesta palhaçada. Já que estava demorando, resolvi chegar mais perto, para ver que mágicas ele fazia.

De repente, andando no passeio vem Eva, a filha do prefeito: cabelos loiros, pele rosada, cintura fina, 16 aninhos, tudo durinho e com um vestidinho que balançava com o vento. Queria ser o vento naquele momento... Tudo rima quando as coisas vão bem.

Eva passou na frente do detetive e ele nem viu! Como uma pessoa que aparenta ser homem pode ficar sem olhar para uma coisinha daquelas? É bicha, só pode!

Por fim, ele se levantou e veio em minha direção.

– Muito prazer, meu nome é Clóvis, e não sou bicha.

– Por que está dizendo isto?! – assustei.

– Porque... – ele ficou sem palavras, estranhamente desnorteado. – Porque sempre que brinco com crianças, as pessoas acham que sou bicha, por isso. Elas estavam jogando pedras numa pobre pomba que está fazendo ninho no tronco de uma das palmeiras da praça. Então eu as chamei para fazer uma demonstração de mágicas com intenção de fazê-las esquecer da coitada da ave.

– Ah, bom! – grunhi. – Esses meninos de hoje não têm respeito algum, muito menos por pássaros. Onde estão suas bolsas?

– É só esta – respondeu, mostrando uma mochila.

– Quanto tempo pretende ficar por aqui?

– Sete dias será o suficiente.

– Quer desvendar este crime em apenas sete dias?

O homem confirmou com a cabeça e ficou a admirar o voo da pomba que fez um rasante próximo a ele e voltou para seu ninho, num buraco no alto de uma das velhas palmeiras da praça. Ele estava deslumbrado, com a cara mais abestalhada do mundo, como se nunca tivesse visto uma pomba em sua vida.

Caminhei com ele até o hotel, situado tão perto da praça que não demoramos mais que três minutos. Resolvi ir a pé para evitar que ele ficasse reparando o interior de minha Variant.

– Se eu soubesse que o hotel era tão perto, não lhe daria tanto trabalho – disse ele, já na porta da espelunca.

– Não tenho nada para fazer. É bom, assim o tempo passa.

A filha do prefeito passa novamente, dessa vez de bicicleta. Queria ser sua bicicleta.

– Clóvis, veja só o diamante do Rio Vermelho, a filha do prefeito...

– A propósito – interrompeu-me –, qual é seu nome?

– Meu nome é Isaías. Veja só! – continuei. – Tirou o vestidinho, pôs um short, que sorte!

– Tudo rima quando as coisas vão bem! – disse ele.

Voltei toda a minha atenção para o detetive: aquela frase parecia ter saído do meu pensamento!

– Bom, Isaías, estarei amanhã cedo na delegacia. Vamos interrogar o tal feiticeiro que está preso e, a partir dele, veremos se surgem outros personagens para este caso.

– Acho estranho você dizer que é capaz de resolver este problema em apenas uma semana...

– Pretendo ir embora segunda-feira, e com este caso resolvido.

– Entendi. Mas, pelo que leu no relatório, você acha que o assassino da Judith não é o feiticeiro?

– Já desvendei enigmas que surpreenderam a todos. Coisas de sair na primeira página de jornal. Se for o feiticeiro, amanhã mesmo saberemos. A que horas parte o ônibus na segunda-feira que vem?

– O único horário de saída de ônibus é às sete da manhã. Se perder esse horário, o próximo só no dia seguinte, por quê?

– Porque é justamente nesse ônibus que devo partir.

– Nunca vi alguém tão calculista! Você acha que vai ser fácil assim?

– As coisas ficam mais fáceis quando são analisadas sob vários pontos de vista. Quanto menor é o número de pontos de vista capaz de analisar, mais ignorante é o ser humano. Vou lhe contar uma história...

Enquanto ele contava suas aventuras como detetive, Eva se aproximava da esquina na direção da praça. De onde estávamos dava para ver o hospital. Então me bateu a ideia de ver a minha mãe e, se ela estivesse lúcida, contar-lhe que seu irmão está na cidade.

Clóvis acabou de contar sua história e riu. Ri também para não deixá-lo sem graça, mas nem prestei atenção.

– Interessante – frisei falsamente. – Quem sabe mais tarde a gente não se encontra num bar desses por aí para contar mais casos. Uma cerveja gelada e um mulherio dando sopa até que não é ruim, não? A cidade é pequena, mas tem lá os seus agrados.

– Desculpe-me, não bebo. Podemos dar uma volta e conhecer a cidade...

Despedi-me e apertei o passo. Queria ver a filha do prefeito passeando na praça da igreja, mas a ordinária já havia ido embora. Então entrei na Variant com a intenção de vazar para casa pisando fundo, só que nessa brincadeira ralei o fundo do carro, ao passar num dos quebra-molas da cidade. Toda vez que passo naquela montanha de asfalto construída perto da igreja, praguejo contra o autor daquele "redutor de velocidade". Bem que se poderia fazer uma coisa menos exagerada.

Convergi na travessa onde havia uma única casa: a de Judith. Quando pensei na morte dela, lembrei-me, sem querer, de que iria visitar minha mãe no hospital... Deixa para lá! Amanhã vou, sem falta, e levo o irmão dela também.

Anoiteceu.

Tomei um banho rápido, vesti uma roupa melhor, passei perfume, disse para Madalena, minha esposa, que iria vigiar alguém suspeito e fui para o centro.

Alguns amigos e eu temos o hábito de ficar no bar do João, encostados no balcão horizontal em cujo vidro havia um enorme trincado. Aliás, combina bem com as rachaduras das paredes. João bem que tenta abafar seu desleixo com propaganda de mulheres seminuas que apresentam suas curvas com garrafas ou copos de cerveja nas mãos.

O bar é tão cheio de cartazes que mal dá para ver as paredes. Era ali que passávamos o tempo bebendo, contando piadas, vendo as mulheres dos outros, falando de política, futebol e de outros assuntos de maior importância.

Comentei sobre a chegada do detetive Clóvis à cidade e a história do tal iconoclasta, que nem sei bem o que significa. Falei sobre as possibilidades de ele ter adivinhado meus pensamentos. A galera riu da minha cara e eu mandei todo mundo às favas! Detesto que zombem de mim.

– Será que ele tem pacto com o demônio? – perguntou David, o carcereiro, caindo na gargalhada. Ruim de serviço, mas bom para falar bobagens.

O pessoal continuava a rir, e então olhei para fora do bar tentando evitar confusão. Vi nesse momento uma figura de andar lento, que entrou e me cumprimentou. Foi o suficiente para que os outros percebessem que era ele o tal Clóvis e parassem de zombar de mim.

– Um copo? – perguntou João, dono do bar.

– Não, obrigado. Não bebo – agradeceu sorrindo.

– Não sabe a cirrose que está perdendo! – gracejou novamente David, o carcereiro. Os outros também riram, eu não achei graça nenhuma.

– Por que demorou? – perguntei, tirando o bando da conversa.

– Estava dando uma olhada no portão dos fundos da casa paroquial. Um tal de Elias, um açougueiro daquela rua, ficou curioso ao me ver próximo ao portão e foi até lá saber o que eu estava fazendo.

– Elias é um porco! – falei. – Você não pegou na mão dele, pegou?

– Não, por quê?

– Porque não lava as mãos. Abate suas vacas, mexe com carne o dia todo e vive com as mãos vermelhas de sangue. Mesmo assim o povo compra dele.

– Bom saber – sorriu.

– O que ele falou?

– Ele me explicou como estava a posição do portão arrombado e os rastros de lama no passeio, deixados pelos assassinos após invadirem o quintal da casa paroquial. Elias foi o primeiro a testemunhar a cena do assassinato e foi quem chamou a polícia.

– Ele já deu seu depoimento – mencionei.

– Contou-me, também, como estava o corpo. Um fato novo para mim é que ele me disse que Judith quebrou o pescoço por algum motivo, e o inquérito policial registra apenas uma pancada na cabeça.

– A pancada foi tão violenta que lhe quebrou o pescoço! Existe motivo mais convincente?

– Seria tão simples assim?

– Não há marcas de sangue em qualquer outro canto, a não ser naquele lugar. Tem explicação melhor?

Clóvis ficou em silêncio, com ar enigmático.

– E que diferença isso faz? – perguntei.

– Detalhes são importantes.

– Se você visse o tamanho do rombo que estava na cabeça dela, nem ia se importar com o pescoço. Além do mais, o que aquele magarefe do Elias sabe sobre corpo humano?

– Pouco, provavelmente, mas é açougueiro e tem alguma noção sobre carne, sangue, músculos e ossos. Notei que ele demonstrou ter muita afeição por ela. Não acha estranho?

– Todos da cidade gostavam muito de Judith.

– Nós passamos hoje à tarde naquela rua antes de chegarmos ao hotel, por que não me disse que era ali o local do crime?

– O portão foi consertado na mesma manhã do dia do assassinato. E eu tenho tanta coisa na cabeça que nem me lembrei disso naquela hora.

– Ah, bom! – grunhiu

O detetive deixou o serviço de lado e participou dos assuntos que o grupo discutia. Enquanto conversávamos, notei algo estranho: de vez em quando, ele olhava as paredes, o teto, atrás das pessoas, como se tentasse escutar algo além do que dizíamos, como se realmente estivesse ouvindo vozes. No mais, ele não falava alto, não dizia palavrões, nem soltava gargalhadas como a gente, mas sabia contar piadas engraçadas, e por fim o pessoal até que gostou dele.

– Cinco cervejas por minha conta, fazendo um favor.

– Agradecido – disse João, os olhos brilhando de alegria.

Raramente pagamos na hora. Eu mesmo só pago minhas contas quando recebo o pagamento, que sempre chega atrasado.

– Bom, Isaías, o papo estava bom, mas amanhã o dia será longo. Descobri muito por hoje. Excesso de informação provoca confusão e não chegamos a lugar algum. Preciso descansar um pouco. Até mais!

Clóvis se despediu e partiu. Olhei o relógio, nem acreditei na hora em que ele estava indo embora. Criança fica na rua até mais tarde sem problema nenhum.

– João! – gritei. – Cadê as cinco cervejas?!

– O dinheiro era para pagar o que vocês já beberam, não? – indagou o dono do bar.

– João! – dessa vez firmei a voz: – Vamos tomar as cinco cervejas que ele pagou, AGORA!

A turma bateu palmas e, por alguns instantes, senti-me um herói. É assim que eu gosto de me sentir; parece que o sangue flui energeticamente pelas veias e que os músculos se inflamam...

No final das contas, cheguei bêbado em casa.

Terça-Feira

Um frio desgraçado, cerração baixa, ressaca, uma mulher que não sabe fazer café, uma semana toda pela frente; um local de trabalho horrível, e hoje ainda é só terça. Que motivo tenho para responder ao "bom dia" do honorável colega de serviço que está sentado do lado de fora da cadeia, observando borboletas? É bicha! E eu não vou dizer bom dia.

– Mau humor não leva a nada.
– Ressaca e dor de cabeça. Só isso!
Riu, sem tirar os olhos das borboletas que rodeavam o jardim da delegacia.
– O tal feiticeiro tem algum parente que o auxilie?
– Não. A mulher com quem ele morava sumiu no mapa deixando uma filha para ele criar sozinho, mas a menina está na casa do pastor da sua igreja.
– Quantos anos tem a filha?
– Uns seis ou sete, por quê?
– Preciso de argumentos, e esse poderá ser imprescindível.
Tentei não pensar em muita bobagem, porque depois de ele falar as coisas que estavam em meus pensamentos, de vê-lo observar os cantos vazios do bar do João e de David brincando sobre um possível pacto com o demônio, fiquei mais cismado ainda. E hoje ele vai conversar com o feiticeiro... Acho que entrei numa encrenca macabra.

O feiticeiro não era mais feiticeiro. Passou para crente e não gostava mais de que o chamassem assim. Nos últimos anos ele andava de terno e gravata, com uma bíblia na mão. Sua conversão atraiu muitos adeptos para aquela igreja exatamente porque ele era considerado uma fera nos despachos e macumbas.

Aí, há três semanas, um grupo de crentes resolveu fazer uma pregação na praça, um pouco acima do ponto final do ônibus. O povão marcou presença; tinha até católico no meio. Veja bem: um grupo de oração justamente na praça onde fica a igreja católica e a casa paroquial! Nenhum padre gostaria de ver um evento desse tipo tão próximo à sua casa. Principalmente o padre da nossa igreja.

Padre Lázaro é muito conservador e tem o poder de manter a disciplina com um simples olhar. Sou fã dele! Se todos tivessem a cultura que ele tem, o mundo seria outro.

De repente o padre surgiu na moldura azul da janela do andar de cima da casa paroquial, de onde havia uma vista plena do evento evangélico. Então ficou fácil prever os acontecimentos observando apenas sua feição carrancuda e mãos crispadas: o tempo ia fechar naquela praça. Enquanto os crentes oravam, em meio aos "Glória, Aleluia", "Amém, Senhor" e outras coisas mais, o padre apareceu com uma vara de goiaba e "rodou a baiana" contra todo mundo. Só deu povão correndo para todo lado; bateu até nos cães que estavam na praça, ao acaso. Nunca vi uma pessoa odiar animais tanto quanto ele. Eu ri demais!

E como crente é tudo um bando de "calça frouxa", ninguém levantou um dedo contra o homem de batina. Em vez disso, os responsáveis pelo evento pediram para que todos retornassem aos seus lares e meditassem sobre o ocorrido.

"O demônio se veste de bom, mas no fundo quer dominar o reino de Deus!", dizia o pastor lançando uma direta para o padre, que rebatia gritando: "tropa de hereges!".

Foi então que Josias, o feiticeiro, não aguentou os insultos e, quando todos andavam em silêncio, se virou e gritou:

– Isso não vai ficar assim! – andando de costas, levantou o dedo indicador e repetia a ameaça frenética e escandalosamente.

E Judith, uma das catequistas da igreja católica, vinha no sentido oposto ao dos crentes. Ela estava na casa de uma prima andando à toa e não sabia de nada até então sobre o grave e escandaloso fato. Quando se deparou com a multidão no meio da rua e percebeu que se tratava do retorno dos evangélicos, optou por ficar cabisbaixa para passar entre eles.

E assim foi Judith de olhos baixos, caminhando e desviando de um punhado de gente indignada com o comportamento do padre da cidade. E, por consequência disso, ela não viu que à sua frente vinha uma pessoa caminhando de costas – era o tal Josias gritando "isso não vai ficar assim!".

Ou seja, um não viu o outro e, inadvertidamente, ambos se chocaram de forma muito cabulosa. O feiticeiro, aos tropeços, caiu sobre os pés de uma senhora já de idade antes de estatelar-se ao chão. A velha sofreu uma torção no tornozelo e teve de ser encaminhada ao hospital por causa das fortes dores. Judith não foi ao chão graças a um carro estacionado que lhe serviu de apoio. E Josias, que quase deu uma cambalhota para trás em razão do capote, se levantou mais irritado do que nunca, encarou a desatenta catequista com uma profunda ira e recitou alguma coisa em uma língua estranha – como se praguejasse. Isso virou motivo de fofoca para toda a cidade...

E uma semana depois Judith apareceu morta no quintal da casa paroquial com uma violenta pancada na nuca. Seu corpo estava dentro de uma estrela de seis pontas riscada profundamente no solo.

Para mim, isso é macumba das bravas seguida de sacrifício profano, e pior, acabo de deduzir que esse detetive veio com o objetivo de salvar o colega de feitiçaria. Provavelmente devem ser da mesma seita!

O feiticeiro, quando passou para crente, penteava o cabelo e fazia a barba constantemente, mas depois de preso ficou desleixado e voltou à aparência antiga, mais parecendo um andarilho. Ficou separado dos outros presos porque nenhum dos encarcerados queria ser companheiro dele por causa da má fama, e nós concordamos com os pobres coitados. Vai que ele joga uma praga nos outros presos?!

Ao abrir a porta, percebi que Clóvis se concentrava tenebrosamente em um dos cantos da cela. O feiticeiro numa das camas, os pés descalços, observava um ponto fixo no além. Parecia que os dois ouviam o mesmo sussurro; algo místico, bizarro e invisível. O detetive entrou e ficou em sua frente.

– Bom dia! – cumprimentou-o, sem resposta. – Josias, meu nome é Clóvis e estou aqui com a missão de tirá-lo desta enrascada. Vim de muito longe para investigar a fundo este assassinato, e vou precisar de sua cooperação, entende?

O feiticeiro não ficou nem um pouco esperançoso com o homem que seria sua única chance de liberdade. Sequer piscou. Enquanto

Clóvis fazia perguntas e falava sobre as vantagens de um diálogo aberto para esclarecer alguns tópicos da investigação, Josias permanecia inatingível. O detetive começou a contar comoventes e filosóficas histórias, na intenção de puxar assunto com o prisioneiro – o insucesso continuou. E o tempo passava.

Após utilizar vários argumentos, Clóvis ficou alguns instantes em silêncio. E depois de gastar saliva falando sobre justiça, esperança, liberdade... Até de bíblia ele havia falado e nada! Era melhor que se calasse mesmo.

– Você tem uma filha, certo?

O feiticeiro fitou o detetive e, de indiferente, mudou para assustado, como se tivesse tocado em sua ferida.

– Se sua vida não tem mais sentido – prosseguiu –, viva em função dela. E faça disso sua razão de viver.

Um suspiro. Era o suficiente para perceber que o detetive estava se sentindo um derrotado. Levantou-se e se afastou, esperando que eu abrisse a cela. Assim que destranquei a cela, o feiticeiro murmurou:

– Faz diferença?

Clóvis gesticulou para que eu ficasse quieto, e o feiticeiro prosseguiu:

– Faz diferença ser culpado ou inocente? As pessoas me veem com temor, os amigos que conquistei se afastaram. Todos fingem não me conhecer mais, e agora sou um joão-ninguém. Faz diferença ser culpado ou inocente? A vida é um lixo. O ser humano é um lixo. Estava no auge da minha felicidade e me jogaram na sarjeta. Lutei pelos meus ideais, lutei por uma vida digna, mudei meu modo de pensar e vestir. E o que isso adiantou? Nada! Sinto o demônio zombar de mim; sinto o olhar de desprezo das pessoas; sinto perder o sentido da vida. Deus me abandonou, é isso que aconteceu. Prefiro aceitar a verdade de que estou caminhando para as trevas. Com certeza, lá deve ser bem melhor do que viver neste mundo iníquo.

– Talvez você esteja sendo testado – interrompeu Clóvis –, como Jó também o foi. Você conhece a história desse personagem bíblico. O demônio duvidou de sua sabedoria e Deus retirou tudo que ele tinha: a família, o rebanho e a saúde. Nem assim a fé de Jó foi abalada; e o demônio perdeu a aposta. O que você está sofrendo não é sequer a metade do sofrimento de Jó.

– Ele era o preferido! – retrucou. – E quanto a mim? Quem sou eu perante Deus?

— Mais um filho como tantos outros, porém insiste em se sentir pior do que Jó e o resto do mundo. É assim que as pessoas fazem. Qualquer anormalidade que ocorre em suas vidas logo se transforma em tempestade.

— Você fala assim porque não sabe o que é estar em meu lugar! Moro sozinho e não tenho álibi que comprove que eu estava em casa no dia do assassinato. Inocente ou não, sinto-me um fracassado, e isso me envergonha. Você não conseguirá ajuda de alguém se já não tem mais razão para viver.

— Então finja que já morreu e viva em função do próximo! Sua filha precisa de ajuda. Você será tão covarde a ponto de deixá-la perdida neste mundo?

— Ela tem uma igreja que pode muito bem cuidar dela.

— Mas não o tem! Ou acha que você pode ser substituído tão facilmente?

O feiticeiro fez um muxoxo. Clóvis, novamente, fez cara de derrotado.

Que bom que se calaram; para mim estavam falando grego. O detetive, depois daquele instante de silêncio, focou novamente o canto da parede.

— No dia do seu acidente com a catequista, você falou algo em outra língua. Pode traduzir o que foi dito?

— "Isso não vai ficar assim!", apenas utilizei uma linguagem africana. Foi um momento de fraqueza, aliás, de raiva! Aquele padre não deveria ter agido daquela maneira. Se não tivesse feito o que fez, ninguém teria arquitetado esse crime e me deixado nesta situação. Ele terá sua vez e ninguém poderá salvar sua alma. Às vezes sinto que esse dia está próximo.

— Há pessoas que fazem o que fazem, chegam ao extremo sem perceber que estão sendo ridículas, é normal, inclusive para padres. Não pode culpá-lo por estar aqui.

— A quem culparei?

— Você tem alguma opinião sobre quem matou Judith?

— Não. Eu só a conhecia de vista. Ela nunca fez mal a ninguém, e jamais desejei sua morte, muito menos por causa daquele incidente. Não faço a mínima ideia de quem são os assassinos.

— E quanto a você, tem algum inimigo?

— Não sou o que dizem por aí — respondeu secamente.

Clóvis emudeceu e ficou com o olhar atento, concentrando-se em alguma coisa. Instantes depois, agradeceu pela cooperação e saiu. Tranquei a cela imediatamente após, sem olhar lá para dentro.

– Muito estranho – disse o detetive, já do lado de fora da delegacia. – Muito estranho mesmo!

– O que é estranho?

– Um homem muito simples. Não deve saber muito sobre dialetos africanos nem, tampouco, sobre feitiçaria.

– Você está concluindo que ele não sabe outra língua?

– Exato.

– Vai me dizer que ele nunca foi um feiticeiro de verdade?

– Existem feiticeiros de verdade?

– Então, o que você considera "muito estranho"?

– É que não deu para desvendar nada.

– Desvendar o quê?!

– Esqueça. Só estou pensando alto – disse absorto. – Precisamos ir à casa paroquial.

Entramos na minha Variant e fomos. O detetive saiu do carro e logo concluiu que não havia ninguém no recinto, porque janelas e portas estavam fechadas.

– Terça-feira é dia de visitar o povo da área rural? – perguntei para mim mesmo. – Mas é bem provável que tenha uma dessas beatas aqui por perto.

– Sabe onde mora a irmã de Judith?

– Na localidade de Mundo Velho. Por quê?

– Iremos para lá.

– Não quer ver se há alguma beata na igreja?

– Voltaremos aqui depois.

Mundo Velho é lugar de casa aqui, casa acolá e algumas fazendas, muito longe umas das outras. De tão vasto, foi dividido em Mundo Velho de Cima e Mundo Velho de Baixo. A vegetação rasteira cria uma paisagem típica de cerrado. Além de seca, é uma região um tanto montanhosa, sem rios, sem florestas. No mais, só poeira, porteiras, mata-burros e córregos.

– Como sabia que Judith tinha uma irmã?

– A dona do hotel me disse.

Fiquei quieto. A esta altura ele já deve saber a idade, o que gosta de comer, signo, se é casada, solteira ou viúva e até o caminho da casa dela.

O detetive começou então a reparar na Variant: era o que eu temia. O painel todo empoeirado e o toca-fitas sem os botões de operação chamavam a atenção de imediato. No entanto, ele mantinha um sorriso que lhe destacava a maçã do rosto.

– Toca-fitas! – regozijou. – Faz tempo que não vejo um desses dentro de um carro!

Gente de cidade grande é assim: desfruta dos equipamentos de última geração e depois vem rir das coisas da gente.

– Funciona?

Liguei-o sem falar "a". Era só girar o pino onde antigamente havia o botão que meu filho mais novo, Gabriel, engoliu com angu. – Relíquia, hein! – exclamou.

A fita havia sido comprada de um camelô por alguns trocados que eu trazia no bolso. Com certeza, ele estava de gozação comigo. Clóvis aumentou o volume. Reproduzia com chiado uma música dos *Beatles*: "While my Guitar Gently Weeps". É a minha predileta por causa do choro da guitarra.

Passado um tempo, Clóvis começou a fazer algumas anotações numa agenda preta.

– Que merda é esta que você está fazendo? – perguntei.

– Estou escrevendo um livro.

– Livro?

Tentei ignorar o fato observando o sereno que ainda não havia se dissipado, e isso fazia com que o clima permanecesse fresco, mas eu já estava encharcado de suor e incomodado com a ressaca que deixava a minha boca sempre seca.

Depois de umas sete ou oito porteiras, chegamos à casa da irmã de Judith, um local explanado e isolado. A casa até que era mais ou menos bonitinha; só faltava mesmo um pouco mais de cuidado com o telhado. Para mim, o mais importante era o pomar de mexericas – aquelas frutas amenizariam meu mal-estar.

Saí do carro e fui direto para o pomar, enquanto Clóvis batia palmas até aparecer alguém. Uma senhora de cara magra e enrugada pela idade observou-o com estranheza pela janela, tentando reconhecer o visitante. Percebi que ela ficou com medo.

– Estou aqui no pomar, Dona Rute, pegando algumas mexericas!

– Isaías! – grunhiu aliviada. – É você que está aí?

Dona Rute ainda está traumatizada com a morte da irmã. Mora praticamente sozinha neste fim de mundo e passa o tempo cuidando das atividades de sua propriedade. É compreensível que entre em pânico ao ver pessoas estranhas se aproximando, porque ela, assim como o resto de Rio Vermelho, acredita que o feiticeiro teve cúmplices para matar e levar o corpo de Judith até o fundo da casa paroquial. E esses ainda não foram descobertos.

Dona Rute, com simpatia, convidou-nos para entrar. Colhi algumas mexericas e entrei.

Na cozinha, uma mesa enorme tomava conta do centro do cômodo. Sentamos, e Clóvis, como de costume, começou a olhar para os cantos e dizer aquela baboseira de que veio investigar isto, e coisa e tal. Depois, conversaram um pouco sobre o frio que fazia pelas manhãs e o calor que fazia à tarde, enfim, papo para ir ganhando intimidade com a pobre senhora. Até que ele fez a pergunta crucial:

– A senhora não sabe de nenhum inimigo, seja lá qual for o motivo, que possa ter cometido aquela crueldade?

– Só o feiticeiro! – respondeu convicta. – Aquele ordinário andava com a bíblia nas mãos, mas no fundo não passava de um falso devoto! Ele enganou muita gente humilde, fazendo com que se convertessem àquela igreja. Estou cismada de que foi o próprio pastor que o ajudou na morte de minha irmã! Não sei se repararam na cara de bruxo que ele tem. Certa vez...

Dona Rute passou a divagar sobre o pastor. Esqueci-me de contar, ela fala igual a pobre na chuva. Gente velha é assim.

– E namorado, ela tinha algum?

– Judith teve o último namorado há uns dois anos – respondeu secamente.

– Terminaram?

– Ele foi para os Estados Unidos e ficou por lá.

– Manda notícias?

– Só para a família dele.

Dona Rute parecia não querer tocar no assunto e abaixou gradativamente o tom de voz, enquanto o detetive contemplava a imensa mesa. Embora vendo que seus buliçosos olhos fixavam a parte central daquele móvel, dava-me a sensação de que não era a mesa que ele estava a contemplar. Parecia querer escutar algo, ou estava realmente escutando... Era estranho.

– Sinto muita falta de minha irmã – lamentou Dona Rute, mudando de assunto. – Ela me ajudava muito, aliás, ajudava a todos. Não faltava às missas, auxiliava na distribuição de cestas básicas, dava aula de catecismo, assessorava na organização do asilo...

Clóvis a reconfortou para que ela não começasse a chorar. Dona Rute até melhorou, mas continuou falando.

– Domingo que vem seria o aniversário de Judith. Ela era doze anos mais nova do que eu. Depois que nasci, minha mãe teve uma complicação no útero e só com tratamento conseguiu engravidar novamente, e teve Judith. Como sua gravidez era de alto risco, o médico a proibiu de ter mais filhos.

Enquanto ela continuava com as histórias, esporadicamente Clóvis lançava um ligeiro olhar para os lados, concentrando-se em outras coisas até se convencer de que a viagem a Mundo Velho fora perda de tempo.

– Bom, Dona Rute, estamos de saída – disse, displicente. – Precisamos ver a casa de Judith. Você tem a chave?

– Está comigo, mas pode levar. E depois, se não for muito incômodo, pode deixar com Tobias, meu afilhado, e peça a ele para arrumar alguém que dê uma faxina na casa, que deve estar numa poeira só. Isaías o conhece.

– Apenas daremos uma olhada no que diz respeito à vida dela em particular, tudo bem?

– Tudo bem, fiquem à vontade e que a justiça seja feita! – concluiu Dona Rute, entusiasmada com a presença do detetive.

Ela entregou um molho de chaves para Clóvis enquanto eu já me retirava. A minha pressa foi tanta que até me esqueci de limpar as cascas de mexerica que ficaram em cima da mesa.

No retorno para a cidade, o detetive não quis mais fazer suas anotações e ficou um pouco mais concentrado no que a irmã de Judith havia relatado.

– Você conheceu o ex-namorado de Judith?

– Samuel? Conheci. Os pais dele moram na saída da cidade de Paulista. Ele não era de confusão, andava bem-vestido, mesmo sendo carpinteiro e auxiliando seu pai no serviço da roça. Foi para os Estados Unidos e ficou por lá.

– Estranho, não?

– Não. Ele partiu com um bando de caras malucos que também tinham a intenção de ficar ricos lavando pratos em restaurantes. Isso foi há mais de dois anos e muita coisa rolou de lá para cá. O que há de estranho nisso?

– Detalhes são importantes – frisou.

Deu-me novamente vontade de jogá-lo para fora do carro, mas é melhor esquecer isso porque é perigoso que ele leia novamente os meus pensamentos. Clóvis sorriu misteriosamente.

Chegamos de volta a Rio Vermelho. Deixei-o no centro e fui para casa. Era hora do almoço.

Almocei e fui dormir. Estava cansado e, depois de uma pesada refeição, seria normal que eu desmaiasse no sofá, não?

Acordei com o barulho do telefone – era Clóvis me chamando. Assustei-me com a hora, porque já havia passado muito tempo depois do horário de almoço e ninguém me acordou. Como brigo em casa porque ninguém coopera comigo, tudo se passa como se eu fosse o ignorante da família!

Meu filho mais velho, o Matheus, por exemplo, já tem 17 anos, sabe muito bem a hora em que vou trabalhar e a única coisa que sabe fazer é jogar *video game*. E lá isso enche barriga? Quanto mais velho, mais irresponsável fica.

Lavei mais ou menos o rosto e desci para me encontrar com o detetive. Vamos continuar a investigação que, com certeza, não vai dar em nada. Acho que o assassino é o feiticeiro mesmo.

Clóvis entrou no carro com um sorriso inexpressivo e disse um "e aí?!", parecendo um adolescente. Detesto gírias, por isso fiquei em silêncio e peguei a estrada sem puxar assunto.

Uma cabeça de boi enfeita o centro do portão da casa de Moisés. A caveira, envernizada, tem os chifres longos, em forma de espiral, e era bem amarrada com arame. Dizem que isso espanta mal olhado, e Moisés é cheio de superstições. Superstições e cães. Nunca vi gostar tanto de cachorro.

O filho de Moisés apareceu e ordenou que os animais, da raça fila, passassem para dentro. Saía cada palavrão que era preferível tampar os ouvidos.

Abel era seu nome. Cabelos grandes e maltratados, roupas esquisitas, preguiçoso e arruaceiro. Apesar disso, tinha um corpo atlético, ombros largos e adorava andar sem camisa para mostrar o peito cabeludo. Já havia sido preso várias vezes por vagabundagem.

Aquela exibição, com certeza, foi para mostrar que não tinha medo da gente; mas assim que prendeu os cães, saí do carro e mostrei a minha superioridade.

– Boa tarde, estamos procurando por Moisés – disse Clóvis.

– Para quê? – perguntou com ignorância.

– Estamos investigando o assassinato de Judith, e queríamos saber sobre o Samuel.

– O Samuel está nos Estados Unidos.

– Sabemos! – disse Clóvis, num tom mais agressivo. – Nós estamos procurando por Moisés e não por Samuel. Deu para entender?!

Por um instante os dois se encararam.

– Ele está lá nos fundos, trabalhando.

Entramos pela garagem que desembocava na bagunçada marcenaria onde tudo era começado e nada era terminado. Havia armários, guarda-roupas, mesas, cadeiras e um cheiro intenso de madeira cortada.

Vimos, então, num canto, Moisés trabalhando em uma cadeira com tamanha lentidão que era fácil imaginar que seus pensamentos andavam longe dali.

– Boa tarde, Moisés!

– Boa tarde.

– O meu nome é Clóvis e estamos aqui para fazer algumas perguntas. Este é Isaías. Por acaso o senhor o conhece?

– Quem não o conhece? – exclamou com grosseria. – Perguntas sobre o quê?

– Sobre seu filho que foi para os Estados Unidos. Belas cadeiras, hein? – disse Clóvis, tentando ser simpático com o trabalho mal-acabado do marceneiro.

– Obrigado. Aconteceu algo com meu filho?

– Não! Só queríamos saber como era o relacionamento dele com Judith e por que terminaram.

– Ah, Judith! Eu até achei que os dois iam se casar, mas meu filho resolveu ir para o estrangeiro e... Ficou por isso mesmo.

– Os dois brigavam muito? – perguntou Clóvis, observando a parte superior de um guarda-roupa ainda sem acabamento.

– Não.

– Samuel era ciumento?

– Não.

– Era inseguro?

– Não.
– O senhor sabe de alguma briga entre os dois?
– Não, eles se davam bem.
– Tem certeza?
– Tenho!

Houve um silêncio. Clóvis olhava para Moisés e depois para uma mesa adiante.

– Por que, exatamente, ele foi para tão longe? – indagou o detetive.
– Para ter uma situação financeira melhor. Como todo mundo faz!
– O senhor está me escondendo algo – disse o detetive.
– Como assim?! – grunhiu o velho.
– Samuel não estava com dificuldades financeiras. Ele vendeu um de seus dois carros para se sustentar nos primeiros meses, enquanto procurava emprego nos Estados Unidos; passou a casa que comprou para você, que ganha o aluguel; há lucro na venda de queijos provenientes da sua fazenda, sem contar que vocês são os únicos marceneiros da região. Portanto, com uma situação financeira tão estável, afirmo que não foi esse o motivo pelo qual Samuel emigrou. E como você explica que do grupo que foi para os Estados Unidos, apenas ele ainda não voltou para rever a família? Será que não sente saudades? Por que ele não volta?
– Isso não lhe diz respeito! – o velho aumentou o tom de voz, bufando como um touro que visse alguém balançando um pano vermelho. – O meu filho não tem nada a ver com a morte de Judith!
– É verdade, mas em momento algum falei que seu filho tivesse algo a ver com o assassinato.

Clóvis se levantou e foi ver a mesa mais de perto.

– Precisa tirar um pouco no pé desta mesa, está balançando.

O velho, impaciente, acabou se sentando e ignorando as observações do detetive. Parecia trêmulo. O detetive caminhou com o semblante sério até chegar atrás da cadeira na qual Moisés havia acabado de se sentar.

– Judith tinha um amante – disse Clóvis, convicto. – Seu filho descobriu, terminou o romance e resolveu ir para longe. Estava envergonhado com a situação e temia que mais alguém descobrisse o fato e o espalhasse por toda a cidade. Isso seria uma catástrofe para a moral da família, certo?

Moisés ficou petrificado.

– Como soube disso? – indagou, confessando o fato.
– O que nos resta saber, então, é quem era o amante de Judith!
– Mas como você descobriu isso!? – insistiu Moisés, pálido. Parecia ter guardado esse segredo a sete chaves e o fato foi revelado como se ele mesmo tivesse contado.
– Digamos que um anjo mencionou algo relevante e eu captei a mensagem – respondeu rindo.
– Anjo! – exclamou o velho. – Que tipo de brincadeira é esta?
– Isso não vem ao caso; precisamos conversar com o amante de Judith para saber se eles se encontravam mesmo depois que seu filho partiu, e se há alguma relação com o crime.
– Eu não sei quem é!
– Sei perfeitamente que o senhor não sabe, mas acredito que tenha algumas deduções, certo? Preciso de alguns palpites, e eu prometo que não volto mais aqui... A não ser para comprar um maravilhoso jogo de sala, lógico!

Comecei a ficar intrigado, assustado e curioso com o método de investigação desse detetive. Se Clóvis chegou aqui em Rio Vermelho há menos de 24 horas e ninguém da cidade sabia desse caso, como ele chegou a essas conclusões? E como ele sabia que existia um amante? Como sabia que Moisés não sabia quem era o amante de Judith? E essa história de anjos? Comecei a ficar confuso.

– Algum problema, pai? – indagou Abel, aparecendo repentinamente com uma foice na mão. Mal pensei no dito cujo e ele surgiu. Levantei-me e pus a mão na cintura, próximo ao revólver.
– Já estávamos de saída – respondeu Clóvis. – Não há problema algum, Abel. Pode ficar tranquilo.
– Espere! – ordenei. – Ainda resta saber quem era o amante de Judith!

Pai e filho se encararam estarrecidos; ambos travaram a respiração. Era Abel o amante. Estava escrito na cara dele!
– Sabe do que estou falando, Abel? – perguntei, mas o filho de Moisés permaneceu mudo.
– Vamos embora, Isaías, já conseguimos o suficiente.

Clóvis me pegou pelo braço e me encaminhou para fora da casa. Sequer nos despedimos.
– Por que não encostamos os dois na parede e fazemos que confessem quem era o safado que ficava escondido com Judith? Aposto que era o próprio Abel, quero dizer, tenho certeza de que era ele mesmo!

— Seja lá quem for, eles não sabem — respondeu Clóvis já refutando minha teoria. — Conseguiremos alguma prova na casa dela, depois voltaremos com argumentos.

O estreito beco onde morava Judith é uma saída da praça que liga a outra rua paralela e acima da rua que tangencia a igreja. É tão estreito que um carro parado interrompe o trânsito. E é a única casa dessa travessa, fazendo vizinhança apenas com os fundos das casas das ruas principais. Dali dava para ver uma parte da praça da igreja e a copa das palmeiras acima dos telhados; adiante, via-se uma loja e parte da rua em que se estende o comércio da cidade; e logo na esquina, o tal quebra-molas nomeado eufemisticamente como "redutor de velocidade" que, de tão alto, está acabando com os carros da cidade. Estacionei na frente da casa. Quem quiser passar com outro veículo terá de dar a volta no quarteirão. Estou a serviço.

Clóvis pegou o molho de chaves e acertou de primeira qual era a da entrada, destrancando e empurrando a porta bem lentamente, fazendo ranger as dobradiças como num filme de terror. Ninguém havia tocado em nada desde a morte da proprietária. A fina poeira e as teias de aranha eram provas disso. A estranha morte de Judith deixou todo mundo com receio de entrar nessa casa. O detetive observava tudo: imagens de santos, convites, enciclopédias, bíblia, quadros, vasos, plantas, flores e fotos com a família e amigos. Nunca vi tanto bagulho numa casa só. E o mais interessante é que sequer havia telefone.

— Existem pessoas neste mundo que gostam de muitas coisas ao mesmo tempo, Isaías, e não se desfazem de nada, mesmo que não as utilizem mais. Assim tornam a vida mais complicada.

— É uma casa como outra qualquer. É possível conhecer uma pessoa apenas olhando o interior de sua residência?

— É possível, sim. O mundo que a pessoa cria ao seu redor é exatamente o mundo que existe no seu interior. Se seu mundo exterior é desordenado, sua alma também o é.

Por um segundo, lembrei-me da minha casa. Está bagunçada sim, precisando de reforma, trocar os móveis que os filhos detonaram com o tempo, limpar o quintal cheio de coisas velhas que Madalena insiste em não jogar fora porque vai precisar delas um dia. Porém, isso não quer dizer que minha alma seja desordenada, quer dizer que falta tempo.

— Falta de tempo é a desculpa mais utilizada pelos incompetentes — balbuciou, sem que eu proferisse sequer uma palavra. Travei a respiração para aliviar a queimação que crescia em meu abdômen. Estava apenas pensando, era evidente que ele conseguia captar as ideias que perpassavam em minha mente. Não sei como, mas era evidente.

– O que quer dizer com isso? – perguntei.

– Pondo-me no lugar de Judith, vejo que era uma pessoa frustrada. Ela via nos valores materiais uma maneira de amenizar suas angústias; alimentando o prazer de ter sempre algo novo a seus olhos. Mas nunca percebeu que tudo é provisório. Todo e qualquer valor material satisfaz a pessoa somente enquanto é novidade; com o tempo, ela precisa acumular mais e mais objetos à sua volta como forma de renovar sua autoestima. Definitivamente, isso é uma péssima alternativa para aliviar os conflitos internos.

– E qual seria a melhor alternativa, então?

– Apenas se prover do simples e essencial: o enriquecimento da alma, e não de valores materiais.

– Ah, Judith era catequista e beata, daquelas que jamais faltam a uma missa de domingo! Nos momentos de lazer, vivia por aí dando gargalhadas bem exageradas, que faziam doer os ouvidos. Notava-se que ela não tinha problemas com ninguém neste mundo e que seguia sua religião piamente. E você, só de olhar um cômodo desta casa, está querendo me dizer que ela tinha uma alma empobrecida?

– Qualquer pessoa pode ser religiosa neste mundo. Seja corrupta, assassina ou transtornada, qualquer pessoa pode facilmente frequentar uma igreja e andar por aí com uma bíblia na mão. No entanto, quando observamos as coisas ao seu redor, há uma grande probabilidade de esclarecermos traços de sua personalidade. Havia nela uma frustração muito grande.

– Uma vida dedicada aos jovens! – rebati. – Ela extraía da bíblia os ensinamentos de que a juventude precisa para uma vida digna. E dignidade é uma coisa que este povo precisa ter. Você julga frustrada uma catequista de alta competência?

– E quem não é frustrado neste mundo?

– Tenho certeza de que ela não era.

– As aparências enganam. Ela tinha uma vida dedicada aos jovens, mas também tinha um amante secreto... Será que não havia nenhum peso na consciência quando falava em nome de Deus? Será que ela não sentia a possibilidade de se ver no inferno? Ou ignorava seus próprios atos já que, apesar disso, considerava-se uma boa pessoa? E se Deus não tiver o mesmo ponto de vista?

— Se ela não se dava bem com seu parceiro, tinha mais que encontrar alguém que a satisfizesse! Isso não é pecado. Nem casada ela era. A vida deve ser bem aproveitada porque a morte chega para todos e a terra come mesmo, e come sem dó! É por isso que hoje em dia o sexo é mais liberado; exatamente por causa desse tipo de consciência. É assim que as coisas são e não há como mudar. Além do mais, o inferno é coisa para os ímpios.

— A vida é um sopro e o inferno é uma realidade, porém o homem o vê como fantasia ou algo que não lhe diz respeito. Mas, na verdade, estamos todos a caminho da ruína, acreditando que haja alguma salvação no veredicto final.

— Deus perdoa! — salientei, rindo.

Ele balançou a cabeça, negando.

— Não acha que a vida dessa pobre coitada poderia ser um pouco mais longa?

— É...! — embaracei-me. — Mas as coisas são assim mesmo. O importante é que ela foi feliz enquanto viveu.

— Tem certeza de que ela foi feliz?

— Foi, sim. Se você a tivesse conhecido, saberia disso também. Cada segundo de sua vida foi vivido em ritmo de festa! É assim que a vida deve ser. E mais, para que uma pessoa vai perder tempo estudando, filosofando, lendo bíblia, ou outro livro qualquer, e deixar de lado este mundo grandioso e cheio de novidades? Um dia isso tudo acaba, e aí?

— Você acredita que existe novidade neste mundo?

— Pelos menos para mim, sim.

— As coisas já estavam aqui há muito mais tempo que sua imaginação possa calcular. A única novidade neste mundo é você.

— Isso não faz diferença, já que o importante é meu ponto de vista.

— É exatamente seu ponto de vista que o diabo manipula. E se você estiver sendo manipulado? Já pensou nisso?

— Não e nem. Quero distância do diabo! E não vejo sentido algum nessa teoria.

— Pois fique sabendo que a vida pode ser ingrata para aqueles que não buscam esse tal sentido.

— Que sentido?

— O sentido da vida.

— Então, responda-me, qual é o sentido da vida?

Ele ficou pensativo. Mostrou-se tanto como dono do saber e agora emudeceu. Olhou para o teto e concluiu, como se fosse o maior de todos os sábios:
– A morte.
Olhei bem nos seus olhos e fiquei com vontade de rir do seu fraco conceito sobre o sentido da vida. E indaguei:
– Já que é assim, por que não dá logo um tiro na sua cabeça?
– Não estou falando em suicídio – riu –, mas em aceitar a verdade. Temos muita facilidade de levar as coisas ao extremo. Quando falo em aceitar a morte, não estou falando em perder a vida, mas em dar sentido a ela. Enfim, renunciar aos ilusórios valores que este mundo nos dá, para procurar no profundo silêncio da alma o tesouro que garante nossa verdadeira e incondicional felicidade. Isso não significa que quero assumidamente morrer.
– Pois, para mim, pensar em morrer ou ficar em profundo silêncio é o mesmo que entrar em depressão. Para você ter uma ideia, morro de nojo quando eu desligo a televisão do meu quarto para dormir e escuto apenas o barulho de grilos que vem lá do quintal. Aquilo me dá uma vontade de sair dando tiro para tudo que é lado! Um oco... Quer saber, a vida é bem mais agradável quando se ignora esse tipo de assunto.
– Fugir é a melhor opção. Compreendo perfeitamente. Mas o que você conseguiu com esse tipo de cultura até o dia de hoje?
– Como assim?
– Refiro-me à sua felicidade. A felicidade que você tanto procura. Quando conseguirá alcançá-la? Em sua aposentadoria? Quando obtiver um salário melhor? Num outro emprego? Noutra cidade? Num belo carro? Com outra mulher? Talvez deva alcançar a fama, quem sabe?
Riu por alguns instantes e prosseguiu.
– Onde está sua felicidade, Isaías? Até quando estará à sua procura? Fugir será sempre a melhor opção?
– Não estou fugindo de nada, sou feliz do jeito que sou, aceito o fato de que a morte existe e tenho consciência de que estarei num "paletó de madeira"... Um dia! Mas, enquanto esse dia não chegar, aproveitarei os momentos em que meu coração ainda bate. Além do mais, esse tal "tesouro que garante nossa verdadeira e incondicional felicidade" por acaso paga as contas que eu tenho no açougue? Você fala assim porque não tem filhos que comem iguais a onças famintas. Tenho dívidas, família e obrigações. E tempo para ficar em silêncio, sinceramente, só depois de morto!

O metido a sábio sorriu, balançou a cabeça em negação e se virou para o quarto de Judith.

"Viver a vida sabendo que vai morrer." Que pensamento imbecil! Vou morrer um dia, é lógico, mas não quero pensar numa coisa que vai acontecer daqui a vários anos, quando eu estiver bem velho e cansado deste mundo.

A porta da entrada rangeu bruscamente. Eu estremeci de tal forma que quase caí ajoelhado; escorei no armário evitando essa tragédia. Um homem entrara repentinamente.

– Tudo bom?! – cumprimentou.

– Bom – respirei aliviado, mas a minha vontade era de dar um soco bem no meio de sua fuça.

– Estão investigando o assassinato?

– Não! Estamos procurando emprego!

O chato percebeu que eu não estava para conversa, entrou no quarto de Judith, aproximou-se do metido a sábio e lhe estendeu a mão.

– Muito prazer, meu nome é Tobias, o afilhado de Dona Rute.

– Igualmente. Clóvis!

Tobias é um inconveniente, e já deve ter uns 32 anos. Tem a péssima mania de falar alto e rir ao mesmo tempo. Por ter uma cara simpática, gaba-se de atrair a atenção de algumas mulheres; é motorista particular do padre e se sente muito importante por isso. Vive de óculos escuros, roupa da moda e nunca ninguém o viu sequer despenteado. Mesmo sendo a pessoa que mais fica na companhia do padre Lázaro, não consegue dominar o vício da bebida. Basta dar as costas e ele já está bêbado. Nem mesmo o padre conseguiu tirar esse demônio do seu corpo.

O detetive ignorou a presença do *playboy* e fixou sua atenção num pequeno baú artesanal cor de pastel que estava trancado. Estudou o bauzinho de todas as formas, virando-o até de cabeça para baixo. Aí, tirou uma caneta do bolso e extraiu os pinos das dobradiças com a ponta, que liberou a parte superior do baú pelo lado oposto: havia um monte de cartas, cartões-postais e uma chave antiga e enorme.

– De onde é esta chave? – perguntou Clóvis, intrigado com o comprimento.

– É da casa do padre – respondeu Tobias. – Todas as catequistas possuem cópia da chave para, caso o padre viaje, continuem tendo acesso para faxina, aulas, visitas e outras coisas mais. E Judith dava aulas de catecismo na casa paroquial.

O metido a sábio elevou as sobrancelhas, ainda admirado com o tamanho da chave: um palmo de comprimento; uma relíquia em extinção.

– Você acha que existe alguma possibilidade de alguém ter mandado cartas anônimas, ameaçando-a de morte? – perguntou Tobias.

– Não, estou apenas procurando entender como era Judith.

– Por essas cartas antigas?

– A letra de uma pessoa pode nos dar pistas de sua personalidade.

– Personalidade através da letra de alguém? Isto é impossível!

– Não acredita em investigações, Tobias?

– Para mim, investigação e tiro no escuro são a mesma coisa.

– Desconfia de alguém que possa ter cometido aquela atrocidade, Tobias?

– Sim.

– De quem?

– Do feiticeiro. Dizem que ficou maluco, não conversa com ninguém e já confessou que está com o diabo no corpo.

– São apenas boatos de quem não tem o que fazer. Ele apenas ficou deprimido, como qualquer um ficaria.

– Sinal de que tem a consciência pesada. Eu ficaria numa boa se estivesse no lugar dele.

O detetive riu.

– Odeia-o por ter matado Judith?

– Lógico! Judith era como uma irmã para mim.

Então Clóvis levantou os olhos das cartas, cerrou o sobrecenho e encarou Tobias.

– E o que sua mãe tem a ver com isso?

– Nada!

Tobias corou. O sorriso antipático deu lugar a uma expressão de assombro ante a pergunta do detetive.

– Sua mãe é católica?

– Já foi há muito tempo, só que hoje ela pertence à mesma igreja que o feiticeiro frequentava. A minha mãe já é bem velhinha e muito inocente. Por que pergunta?

– Por nada – gracejou o detetive. – Sente-se bem?

– Você me assustou com essa pergunta repentina.

— Tem a consciência pesada?
— Óbvio que não!

Clóvis começou a olhar o chão de um lado para o outro e, mesmo estando cabisbaixo, percebi os disfarçados movimentos de seus olhos sombrios.

— Dona Rute nos incumbiu de lhe pedir para que você arrume alguém que dê uma faxina nesta casa.

— Já previa, mas me faltavam as chaves. Uma moça já se prontificou a vir arrumar desde que eu lhe faça companhia. Ela tem medo de ficar aqui dentro sozinha, entende?

Clóvis lançou um sorriso malicioso.

— Entendo. Mas conforme o pedido de Dona Rute, é para dar uma limpeza na casa e pelo jeito você quer se aproveitar da casa, certo?

— Como assim?

— Por que não escolheu alguém de mais idade?

Tobias ficou boquiaberto, pálido e petrificado. Bem feito! Quero ver a cara de antipático dele falando agora que "investigação e tiro no escuro são a mesma coisa".

— Vou levar esse baú para o hotel para ler as cartas e depois devolverei para o mesmo lugar, ok?

— Por mim, tudo bem.

Saímos da casa e fomos para o carro, seguidos por Tobias, que ainda tinha no rosto uma feição sonsa e enigmática. Acenou e ficou na pequena varanda observando cada movimento que Clóvis fazia ao sair.

Entrei no carro já me preparando para perguntar qual seria o próximo passo da nossa investigação.

— Isaías, você está liberado. Há muitas cartas para eu estudar e, talvez, à noite a gente se encontre.

— Beleza!

Era o que eu queria ouvir desde cedo. Melhor do que ficar na companhia desse detetive macabro. Então dei um tchau às pressas e vazei em direção à delegacia, porque havia vários serviços pendentes e seria melhor que eu adiantasse meu trabalho antes que o delegado retornasse de sua viagem.

Pelo retrovisor vi Tobias, que permaneceu na varanda e ainda observava o detetive se retirando do local, ao contornar a esquina a pé em direção à praça da igreja. Graças a Deus eu me livrei dos dois de uma só vez.

Adiantei um pouco o meu serviço e fiquei o resto da tarde jogando conversa fora com David, o carcereiro. Não podia fazer muita coisa sem a presença do delegado e, por isso, só fiz a minha parte. E fiquei assim até a hora de ir embora.

Fiquei em casa até o completo anoitecer e saí sem dar muito papo para Madalena. O bar do João estava à minha espera.

A turma estava toda lá: David, Daniel, Norberto, Piaba, José e Betão.

Eu não tinha a intenção de beber, mas tem sempre um que pega um copo e enche, um outro que vem brindando e um outro que pede mais cerveja... Enfim, muita risada, muito papo fiado, casos escandalosos deste povo, piadas, etc. Era ali que eu me sentia bem: podia falar e rir o tanto que quisesse. Tudo me servia de terapia para relaxar os nervos. Por que não desfrutar das coisas boas que a vida nos proporciona?

– E o detetive, Isaías, tem mesmo pacto com o demônio? – perguntou David, risonho.

– Fale baixo! Ele está por vir.

– Tem medo do cara?

Preparei-me para relatar o dia de hoje, mas já sabia que eu seria alvo de gozações, preferi ficar calado.

Clóvis chegou e cumprimentou a todos. Pediu um refrigerante, sentou conosco e até contou algumas piadas. Todavia, não demorou a prosa e ele já queria ir embora.

– Que é isto, cara! – exclamei. – Quem dorme cedo assim é galinha. Fica aqui um pouco mais com a gente que daqui a pouco eu apresento umas "amigas" para você. A propósito, você é casado?

– Não. Mas como lhe disse antes, quero resolver esse mistério nesta semana e ir embora segunda-feira às sete horas da manhã. Dormir tarde atrapalha a minha concentração. Por falar nisso, há uma notícia que devo lhe dar e creio que não vai gostar: Josias será libertado.

– O quê?!

– É isso aí. Já que foi reaberta a investigação, não há motivo para deixá-lo encarcerado sem provas concretas.

– Ele não tinha álibi sobre o que fazia na noite do assassinato...

– Uma pessoa que mora sozinho com uma filha pequena tem dificuldade de apresentar álibi, uma vez que sua única testemunha não pode inocentá-lo por causa da pouca idade.

– Quando Josias será libertado?

– Amanhã cedo, por ordem do promotor.

O meu bom humor se dissolveu como algodão-doce na boca de uma criança, e meu corpo coçava de nervosismo. Olhei para a televisão com intenção de me distrair, mas o que eu queria mesmo era ir para casa.

– Vou para o hotel. Tenho muito que fazer, e o dia de amanhã será longo.

– Também vou embora – grunhi. – Não estou bem do estômago.

Quarta-Feira

É triste chegar ao local de trabalho e ter de dizer bom dia ao honorável colega de serviço vindo da cidade grande que, novamente, estava agachado observando borboletas no pobre jardim improvisado em frente à delegacia. Isto sem contar com o maldito promotor, que pôs em liberdade um indivíduo como o feiticeiro. Com certeza essa façanha fará uma mancha na sua ficha profissional.

– Mau humor não leva a nada, Isaías.

– É dor de cabeça, Clóvis. Vamos libertar o feiticeiro, agora?

– Já está livre. David abriu a cela e ele foi correndo encontrar a filha.

– Até aí nenhuma novidade, esta menina é a única família que ele tem.

– Você sabe me dizer por que a esposa fugiu do próprio lar?

– Porque ficou chocada quando soube que seu homem deixou de ser feiticeiro para frequentar uma igreja de crentes. Não levou a menina porque não tinha competência para cuidar dela sozinha.

Clóvis se levantou do jardim com um ar de tristeza e olhou para as montanhas ainda enevoadas. Suspirou profundamente e ficou a pensar sobre como gerenciaria mais um dia de investigação.

– O local onde estava o corpo de Judith...

– Não há mais nada – interrompi, já sabendo o que ele ia perguntar. – A chuva apagou os riscos, as velas foram retiradas e o padre já reformou o portão.

– Mesmo assim preciso ver o local do crime.

Passamos perto do asilo e vi meu pai numa horta que se delimitava da rua apenas por uma cerca de arame mal farpado. Ele estava aguando, muito sereno, uma pequena plantação de tomates. Um beija-flor voou próximo ao jato de água a fim de aproveitar os respingos para seu banho matinal. O velho sorria a observar o pequeno pássaro aproveitando a ducha; no entanto, quando me viu passando de carro, seu semblante mudou por completo. Até parece que tenho medo de cara fechada.

A casa paroquial fica de frente para a praça da igreja e, do lado oposto, vê-se o beco da casa de Judith. A porta estava fechada, mas uma beata de idade avançada que estava por perto percebeu nossa intenção e veio ao nosso encontro.

– É você o detetive?

– Meu nome é Clóvis, prazer. Preciso dar uma olhada no quintal. O padre está?

– Não. Ele anda muito ocupado nestas últimas semanas e deve ter ido a alguma escola da nossa área rural; não sei quando volta, mas tenho a chave da porta.

A beata retirou do bolso de seu vestido estampado de flores uma chave enorme, semelhante à que Judith guardava em seu bauzinho, e abriu a porta como se tivesse dando uma grande contribuição para a história da humanidade. Entramos.

De imediato, via-se a escada que leva ao andar de cima e os corrimãos feitos de madeira, bem conservados e esculpidos de forma simples. O chão era feito de tábua corrida; lá em cima ficavam a sala, a biblioteca particular e o quarto do padre.

Clóvis observava minuciosamente cada canto do interior daquele recinto. Mas a beata não conseguiu ficar em silêncio.

– Padre Lázaro adorou a proposta de uma nova investigação sobre o assassinato. Ele também é muito entendido nesses assuntos. E acredita na possibilidade de que outras pessoas possam ter montado aquele cenário com o intuito de prejudicar o pobre Josias.

– Eu também penso assim – revelou o detetive. – Podemos ir até o quintal?

A beata sorriu, acompanhou-nos até a porta dos fundos.

No quintal da casa havia alguns pés de laranjas, goiabas e acerolas. Era um quintal comum, de tamanho semelhante ao de uma casa qualquer. A única diferença é que estava sempre bem cuidado, porque tem sempre alguém disposto a capinar, podar e limpar. Uma escadaria de cimento grosso e de degraus longos vai até o meio do quintal. O corpo estava entre o portão de acesso à rua de baixo e o último degrau; um pouco mais à direita, como se o corpo, o portão e o último degrau da escada formassem um triângulo. O muro era alto, mas não impedia de ver parte do açougue do Elias, que era bem de frente ao portão de madeira, que tinha como objetivo facilitar o acesso para limpeza.

Já não havia mais nenhuma lembrança da tragédia satânica. Apenas uma terra barrenta, cheia de marca de pegadas de policiais e de gente curiosa.

Fomos até o último degrau, e Clóvis ficou contemplando o barro.

– Era aqui que o corpo de Judith estava – indiquei.

– Repararam no tamanho das pegadas?

– Não. Um dos integrantes pisou justamente onde você está agora e deixou aqui uma marca de barro que se espalhou com gotas de chuva. Ele não subiu mais do que isto. Não havia rastros por fora da escadaria, ninguém se aproximou da casa; eles só deixaram o corpo no meio de um ritual e foram embora.

– Por que um dos assassinos pisaria aqui?

– Com certeza foi para fazer o ritual macabro que levou a pobre Judith desta para melhor, ou pior... Não sei.

Clóvis riu e desceu quintal abaixo, pisando no barro como se aquilo não o irritasse. Observou o chão, o muro, o céu, o novo portão, andou em círculos, e nada.

– Quem reformou o portão?

– Moisés, o único que trabalha nesta profissão na cidade.

– E quem tirou as fotos do portão arrombado?

– Fui eu mesmo. Por quê?

– Muito mal tiradas.

– É que eu estava um pouco trêmulo. Assassinatos desse jeito não fazem parte de minha rotina, principalmente quando tem macumba envolvida.

– Faz sentido – suspirou, rindo. – E o que fizeram com o portão antigo?

– Não sei. Além do mais, era só um portão arrombado. Que diferença isso faz?

– Detalhes são importantes.

Fiz até uma careta. Sinceramente, não acredito que este homem seja um profissional em investigações.

– E sobre as cartas daquele bauzinho de Judith? – indaguei. – Encontrou alguma coisa?

– Sim, e muito interessante.

Ele retirou do bolso um pedaço rasgado de uma folha de papel e me entregou. Disse ele que aquilo era interessante, mas, na minha concepção, era ridículo: "Hoje?" Era essa a única mensagem escrita naquele papel imundo.

Ele leva um monte de cartas para o hotel e volta com uma tira suja e com uma frase absurda!

– O que isso tem a ver? – perguntei.

– Reparou como está esse papel?

– Sim, está sujo.

– Não se trata de sujeira. São manchas de sangue.

Observei bem aquela tira: ele estava certo. É macumba das bravas e nessas coisas não se pode tocar. Devolvi sem demora.

– Não se preocupe, Isaías, é apenas um pedaço de papel, nada mais.

– É feitiço! E você anda com essas coisas no bolso.

Ele riu até mostrar todos os dentes. Detesto que zombem de mim.

– Vamos embora – falou.

Então o detetive atravessou o quintal, pisou no primeiro degrau da escadaria de cimento grosso e sentiu as solas de seus sapatos carregadas de barro. Parou e pensou. Chegava a entortar a boca para dramatizar seus pensamentos. Não seria de seu feitio subir o resto da escada com os sapatos sujos. Não combinava com o jeito dele.

Achei um absurdo quando tirou os sapatos e subiu a escadaria apenas de meias, só para não sujar a casa do padre. Tive vontade de rir, mas segurei.

A beata estava à nossa espera na porta de acesso ao quintal. Roía a unha do dedo indicador e mostrava-se ansiosa para saber se havíamos descoberto alguma coisa. Óbvio que era para ter o que falar com as amigas. O vírus chamado "fofoca" percorria-lhe as veias. A prova maior de seu vício é que ela nem percebeu que o detetive estava com os sapatos na mão.

– Então? – perguntou ela, de olhos arregalados.

– Não sobraram vestígios.

Não havia pistas no local do crime, lógico. Também pudera. O cara chega duas semanas depois do ocorrido! O que mais ele queria?

Saímos do recinto e paramos na calçada, de costas para a casa paroquial e de frente para a praça da igreja. Clóvis se sentou no passeio, limpou mais ou menos as meias e calçou novamente os sapatos. A cara dele nem ardia de vergonha.

No céu, havia nuvens claras, mas colossais; o sol da manhã ganhava força, prometendo uma tarde quente. A pomba branca sobrevoava a praça de um lado para o outro, e depois de mais um monótono voo, voltou ao seu ninho, no buraco do tronco de uma das palmeiras.

Clóvis sorria e suspirava; seus dentes bem tratados pareciam o marfim de teclas de piano, de tão brancos. Não sei que graça ele via nisso!

– Quer ver o passeio lá dos fundos? – perguntei.

– Não. Elias já me mostrou na segunda-feira à noite, lembra-se?

– E ele lhe disse que os rastros terminavam rente ao meio-fio?

– Disse. Provavelmente, os assassinos usaram um veículo e o estacionaram em frente ao portão, facilitando o transporte do corpo e proporcionando uma fuga mais rápida. Que tal fazermos uma visita à sua mãe?

– Ela também é suspeita?!

– Não! – riu o cara de piano. – Ela está internada e você deve uma visita a ela, certo?

– Sim.

– Então...

Bastava virar a esquina e já estaríamos no hospital. Mesmo assim fui de carro.

Dona Marta, minha mãe, estava num sono profundo, mais para o outro mundo do que para este. Triste é pensar que tanto fez e nada conseguiu.

Era uma mulher como outra qualquer. Não perdia um programa de culinária, queria saber quem estava com quem, quem estava grávida, quem brigou com quem, quem passou mal, quem estava certo, quem estava errado, quem morreu, o que vai passar amanhã na novela, enfim, queria saber da vida de todo mundo, menos de si mesma. Adorava andar de nariz empinado só porque morava na rua principal onde havia o armazém mais movimentado da cidade, cujo dono era seu marido. Durante anos, o armazém de meu pai era o que mais vendia na região.

Mas o tempo passou, a concorrência aumentou e o reinado acabou; isso é normal para quem não tem o cuidado de inovar.

E um dos grandes problemas de minha mãe é que ela fumava demais. Certa vez, na minha adolescência, pedi para que parasse de fumar, e ela me respondeu: "Vá para o inferno!" E teria me agredido se eu não tivesse corrido de casa. Odeio cigarros e, também, quem fuma.

Quem planta vento, colhe tempestade. O vento é o cigarro que tanto lhe agradava, como se fosse um acessório para mostrar que é gente de classe; a tempestade é o câncer, que de sopro tornou-se ventania; que de filhote tornou-se dragão; e que de erosão tornou-se cratera. Resultado dos pequenos prazeres que ela tragou nos caminhos da vida. O que mais tenho que fazer aqui? É certo que é a minha mãe, mas é uma moribunda. A vida continua e ela já fez sua parte.

– Dona Marta fez um milagre – interrompeu meus pensamentos o cara de piano, que estava na porta sem que eu o percebesse. – Um milagre engendrado por Deus. A esse milagre deu uma alma. A essa alma foram concedidos dois caminhos a ser seguidos. Esse milagre é você. Essa alma é a sua própria consciência, e agora só resta saber qual caminho você escolheu.

– Não é meu caminho que está em questão, e sim o dela.

– Concordo. No entanto, é recomendável olhar-se no espelho antes de sofismar com esse: "Quem planta vento, colhe tempestade". Não estamos na pele de ninguém para compreender o que ele sente ou pensa.

Subitamente minha barriga deu um nó. Como ele sabia que eu estava pensando nisso?

– Já que é tão esperto – num reflexo, mudei a conversa –, sabe dizer se ela vai para o céu ou inferno?

– Não posso julgar – respondeu secamente.

Fiz um muxoxo e balancei negativamente a cabeça. Foi a coisa mais ridícula que já ouvi; só que uma palavra latejava em minha mente como se fosse a verdadeira resposta, e ele não quis dizer em respeito à minha mãe. É óbvio que o caminho escolhido por ela com certeza era o dos mal-aventurados.

– Não pense assim, Isaías, isso só fará mal para você mesmo.

– Qual... qual... qual é o próximo passo da nossa investigação!? – perguntei, tentando mudar de assunto.

– Tenho de pensar. As coisas estão muito mais confusas do que eu esperava.

Ele se sentou numa cadeira que estava um pouco mais distante e tirou do bolso o pedaço de papel com sangue velho.

"Hoje?"

Será possível, então, que ela sabia que sua vida estava chegando ao fim e que seria vendida aos demônios bem no quintal da casa paroquial?

Ora pois, se esse papel estava no bauzinho de cartas velhas, é porque ela leu e guardou. Estava ciente do dia em que aconteceria a cerimônia macabra e concordou em ir com seus próprios pés para o quintal da casa paroquial. Não houve dificuldade em transportá-la, porque foi de livre e espontânea vontade! Seria impossível encontrar vestígios de sangue pelas ruas ou passeios, já que o golpe mortal foi dado lá dentro daquele terreno. E o corpo por lá ficou.

– Vamos almoçar – disse ele, pensativo –, e logo depois iremos à casa do pastor.

– Uma visita inesperada pode lhe deixar muito surpreso, certo? E se ele ficar com a cara igual à de Moisés...

– Não quero ver você dando voz de prisão sem provas concretas, entendeu?

– Tudo bem! Mas e o papel com sangue, você vai mostrar para ele?

– Vou.

Ótimo! Agora o circo vai pegar fogo!

Irei almoçar o mais rápido possível, darei uma manutenção em meu revólver e trarei mais munição. Hoje mesmo iremos descobrir a verdadeira identidade do homicida e prenderemos novamente o feiticeiro, seu cúmplice.

Almocei forçado.

Estava tão ansioso que não conseguia ficar quieto. Ora batia palmas, esfregando uma mão na outra, ora dava murros na parede. Não inspecionei o revólver – a pressa falava mais alto. Clóvis também já havia almoçado, porém, preferiu esperar um pouco mais na delegacia; não queria pegar ninguém durante a refeição que, para ele, era sagrada. Comecei a roer as unhas. Partimos às 13 horas rumo à casa do pastor Rafael.

Dona Rute, irmã de Judith, tinha razão. Esse pastor é comparsa de Josias. E quando este foi preso, Rafael deu-lhe as costas para não levantar suspeita. Por que, então, não foi visitar o feiticeiro na cadeia?

Mal podia esperar para ver a cara daquele manipulador de ovelhas desnorteadas com nossa presença repentina.

Toquei a campainha da modesta casa em cuja frente havia um jardim bem melhor que o da delegacia. O pastor veio ao nosso encontro com um sorriso antipático que lembrava o do "cara de piano" que estava ao meu lado, calmo como uma lagoa.

– Boa tarde, amigos! – cumprimentou o pastor Rafael. – Parece que eu havia adivinhado que vocês viriam. Por que demoraram tanto?

Rafael é um cínico e já se preparou para o pior. Sabia que a gente viria mais cedo ou mais tarde, por isso, estava com o espírito preparado.

– Clóvis, mostre a tira de papel para ele! – ordenei, e ambos me encararam. O detetive fez uma cara de reprovação e o pastor ficou surpreso.

Clóvis tirou do bolso e mostrou-lhe o recorte sujo de sangue velho enquanto se apresentava. O pastor leu e observou o verso que nada tinha, porém, ficou mais interessado em saber quem era o detetive e suas funções. Nada aconteceu e eu fiquei isolado daquela conversa.

– Veio transferido ou é só uma estadia temporária?

– Minha missão é um pouco mais complexa do que se imagina, mas no momento se resume em descobrir os assassinos. Assim que o caso estiver resolvido, irei para outro lugar.

– Sem destino? – gracejou o pastor.

– Talvez.

Rafael convidou-nos para entrar.

Os dois se sentaram como damas, absolutamente empertigados. Eu gosto de me sentir à vontade. Literalmente, desmontei-me no impecável sofá da sala que parecia de novela das nove, de tão chique.

Uma menina de aproximadamente sete anos, pele morena clara e cabelos castanhos, saiu de um corredor que provavelmente vai para os quartos. O pastor pediu-lhe que fosse à cozinha e nos trouxesse algum refresco. Ela aquiesceu com um sorriso, cumprimentou a mim e a Clóvis e depois partiu. Reconheci a garota: era a filha do feiticeiro.

– Este papel – mencionou o pastor –, o que significa?

– Reconhece a letra?

– Vocês estão suspeitando de que Josias planejou aquela fatalidade e que, antes, mandou um aviso à sua vítima?

– Reconhece a letra? – insistiu o detetive.

– O recado é tão curto que qualquer pessoa poderia facilmente modificar a caligrafia e ficar livre de qualquer suspeita.

Clóvis aceitou a hipótese do pastor e explicou de onde havia tirado aquele papel com marcas de sangue.

– Tenho certeza mais do que absoluta da inocência do irmão Josias. Aquele incidente com Judith deixou-o nervoso, mas conversei muito com ele; disse-lhe que Deus caminha somente com as pessoas que andam corretamente. Até o modo de andar de uma pessoa requer a devida compostura. Quem fecha os olhos ou anda de costas está sendo imprevidente, dando oportunidade a riscos imprevistos. As coisas poderiam ser piores e ele sabe muito bem disso. Pedi-lhe que nunca mais levantasse o dedo para transmitir suas profecias; isso só lhe trouxe aborrecimentos. Falei sobre a palavra de Deus e ele já está bem melhor.

– Josias tem muitos amigos? – perguntou o detetive.

– Somos todos irmãos.

– Até nos momentos mais difíceis?

Clóvis fitou o pastor que logo percebeu a indireta que havia por trás da pergunta. Ele não tinha visitado o feiticeiro.

– Não tive tempo.

– Ele ainda mexe com feitiçaria? – encarei-o.

– O que você entende disso? – riu.

– Suponhamos que seja uma cilada – interrompeu Clóvis. – Quem então seria capaz de prejudicar Josias de forma tão brutal?

– Há uma outra investigação sobre a ex-mulher de Josias. Descobriram que ela se juntou a uma pessoa que já teve passagem pela polícia.

– Você sabia dessa investigação, Isaías? – perguntou Clóvis.

Balancei a cabeça negando.

– Iremos para o fórum. Quero ficar a par de tudo que está acontecendo.

– Vai perder seu tempo – interpelou o pastor. – O promotor viajou hoje cedo e não tem dia certo para retornar.

Clóvis se sentiu desconfortável com a facilidade que o pastor desenvolvia seu relato, como se estivesse sempre um passo a frente do detetive.

– Pastor Rafael, obrigado pela sua colaboração e desculpe-nos pelo transtorno.

– Transtorno nada! Voltem quando quiserem.

– Ok! – concluiu Clóvis.

O pastor tem vocação para falar bem. Contudo, é mais que evidente que esse pastor e sua corja estão preparando mais um novo golpe: prender gente que não tem nada a ver com o caso para eles se safarem, inocentando o feiticeiro.

Clóvis estava chateado, e não era para menos: ninguém o havia informado sobre essa outra investigação, na qual o suspeito era o novo amante da ex-mulher do feiticeiro. Já que ele era um investigador respeitado, e que seus serviços haviam sido requisitados e coisa e tal, deveria ter sido, então, posto a par de tudo o que se passava e não fazê-lo passar a humilhação de ser informado pela parte interessada. Rafael sabia mais do que ele e, para falar a verdade, achei isso um pouco engraçado.

Entramos na minha Variant.

– Para onde vamos, agora, detetive?

– Para o fórum.

O fórum estava aberto e seus funcionários em suas rotinas diárias. Uma tabeliã boleira nos barrou no corredor e observou o detetive de cima a baixo.

– Pois não?

– Preciso de um meio de me comunicar com o promotor.

– O promotor está viajando a serviço.

Clóvis olhou a tabeliã com desgosto.

– Preciso de um meio de me comunicar com o promotor, entendeu?

– Ah! Você quer um número de telefone onde possa encontrá-lo.

– Isso.

– Não vai ser possível.

– Por quê?

– Porque ele não deixou nada conosco.

– Como posso saber o paradeiro da ex-mulher de Josias?

– Comigo! – intrometeu-se Baltazar, o advogado.

Cabelos penteados para o lado, um pouco gordo, de cara redonda, sempre de terno e gravata. Baltazar é o advogado mais metido de todo o universo. Uma pasta preta o segue onde quer que ele vá. Tenho certeza de que não há nada de interessante dentro dela, a não ser frescura de gente vaidosa que conversa gesticulando e vive com um sorriso antipático, realçando as gulosas bochechas. Que ele seja burguês, tudo bem, mas o pior é saber que ele e o feiticeiro pertencem à mesma igreja.

Claro que o pastor ligou para ele, dizendo onde nós estaríamos.

– Sou Baltazar, prazer, e você deve ser o detetive Clóvis. Suas proezas como investigador são de deixar qualquer um de queixo caído. Inclusive, ontem mesmo passou no telejornal sobre a estratégia que você utilizou para descobrir e desativar o explosivo de responsabilidade do tal iconoclasta. É verdade que você pulou de um avião sem usar paraquedas?

– Não acredite em tudo que passa em televisão, Baltazar.

Clóvis ficou sério, e o advogado entendeu que a presença do detetive era extremamente profissional.

– Vamos ao meu escritório? – convidou-nos.

O escritório do advogado era ao lado do fórum. A mesa de MDF feita sob medida para o gordo advogado já tinha duas cadeiras à nossa espera.

Clóvis foi logo ao ponto.

– Sabe algo do paradeiro da ex-mulher de Josias, Baltazar?

– Sei, sim. Está morando no Serro, uma cidade não muito longe daqui. Assim que descobrimos o endereço, eu e o pastor Rafael fomos lá. Pedimos a um detetive particular para sondar a vida dela, do amante, e o que faziam no dia do assassinato.

– E o que descobriram?

– Ela estava em casa, mas ele não.

– Por que suspeitam dele?

– Porque não tem álibi. Alega ter ido acampar com seus amigos no final de semana.

– Ele deixou a mulher em casa para acampar com um bando de amigos?

– Trata-se de viciados, e isso não é do feitio dela. Por isso teria ficado em casa.

– O delegado ou o promotor sabem o que vocês estão fazendo?

– Ainda não. Mas vamos contar assim que eles chegarem.

– O que mais você sabe sobre esse suspeito?

– Seu nome é Ezequiel. O homem tem várias passagens pela polícia. É viciado desde a adolescência; foi internado numa clínica de recuperação, mas não adiantou. De família com bons antecedentes passou a criminoso. Seus amigos são um bando de desordeiros e suas ex-amantes alegaram que ele é uma pessoa ciumenta e muito violenta. Há um boato de que ele já tentou matar um sujeito só porque ele gracejou para a mulher que o acompanhava. Não conseguiu matá-lo, mas espancou-o até deixá-lo inconsciente.

– Você não está insinuando que...

– E ainda descobrimos que a ex-mulher de Josias estava arrependida de ter se juntado a Ezequiel e pretendia a reconciliação com Josias, mas o atual jamais aceitaria a perda. Para ele, o abandono da mulher se constituiria em nódoa à sua honra. Neste mundo o orgulho sempre falou mais alto.

– Concordo – grunhiu o detetive.

– Então, assim que ele ficou sabendo do incidente com Josias, provavelmente arquitetou o plano do assassinato e veio com seu bando para exterminar a pobre Judith, deixando, como assinatura, a estrela riscada e as velas em volta de seu corpo. Era evidente que Josias seria incriminado. E, com isso, a mulher jamais poderia retornar para cá.

– Você acredita mesmo nessa hipótese?

– Bom... É uma hipótese.

– A porta da casa de Judith não foi arrombada. Você acha que ela iria dar boas-vindas, a altas horas da noite, a um bando de malucos e ainda ia passar perfume antes de ser assassinada? Como explica isso?

– São apenas suposições.

– Onde você estava na noite do assassinato?

– Estava trabalhando.

– Até que horas trabalhou?

– Tinha acabado de chegar de uma longa viagem e parei um pouco no escritório. Não me importo de trabalhar de madrugada, normalmente durmo pouco.

– Não viu nada de suspeito pelas ruas?

– Não. Na verdade a minha rota é outra, não costumo passar pela praça da igreja.

– E por acaso você tem algum relatório da investigação do tal Ezequiel?

– Não, mas assim que conseguir lhe repassarei com todo prazer.

Despedimo-nos e saímos do escritório em absoluto silêncio. Principalmente Clóvis que já não tinha mais cara de piano e caminhava um pouco cabisbaixo. Por fim, o detetive optou em fazer uma visita a Josias, o feiticeiro.

Bananeiras cercavam a frente do lote. Havia apenas uma brecha no meio do terreno por onde se podia alcançar o exótico lar do feiticeiro. O portão era feito de tábuas e arame farpado, a casa, mais ao fundo, era de um branco encardido. O tempo estragou não só a pintura, mas também vários pontos das paredes que necessitavam urgentemente de reparo, mas o pobre homem anda tão ocupado com sua religião que não consegue ver mais nada a seu redor.

Clóvis bateu palmas e abriu o improvisado portão. A porta da casa foi aberta e apareceu uma garota de olhar curioso e assustado. Era a filha do feiticeiro.

– Josias está? – perguntou.

– Está sim.

– Poderia chamá-lo, fazendo-me um favor?

– Sim, senhor.

A menina entrou e Clóvis virou-se para mim.

– Já vi esta garota antes.

– Seu nome é Ester – expliquei. – Ela estava na casa do pastor Rafael e deve ter voltado para fazer companhia ao pai.

– Interessante.

O detetive foi em direção às flores, agachou-se e ficou a contemplar uma rosa de cor branca. A impressão que dava é que havia nascido recentemente e tudo neste mundo era novidade para os seus olhos. Chega até a se esquecer de suas obrigações.

– Pois não?! – bramiu o feiticeiro, com uma voz nada hospitaleira.

– Precisamos conversar.

Olhei para trás, mas Clóvis não deu a mínima para a presença do feiticeiro. Observar rosas deveria ser mais interessante para ele.

– Conversar sobre o quê?

– Viemos para dizer que você não deve sair da cidade enquanto não solucionarmos o crime, entendeu?

– Disso eu já sei. David, o carcereiro, falou-me sobre os procedimentos que devo seguir. É só isso?

Ester apareceu na porta e achou engraçado ver um homem agachado observando uma flor. Gradativamente, começou a sorrir, enquanto Josias me encarava, sem piscar.

– Tem algo mais que devo fazer?

– Não.

– O que vieram fazer aqui, então?

– Viemos pedir desculpas – disse Clóvis, ainda agachado. – O nosso trabalho é baseado em fatos. E todos os fatos nos levaram a você, mas já que não há provas concretas, você ficará livre, mas sob custódia.

Senti meu corpo ferver e arrepiar ao mesmo tempo. Esse detetive me trouxe até aqui para pedir desculpas? Quem neste mundo nasceu para pedir desculpas? Ainda mais para esse feiticeiro, que não tem nem capacidade para manter sua mulher dentro de casa e ainda muda de religião acreditando que isso melhora a vida de alguém ou que modifica o ponto de vista das outras pessoas para com ele. Ele não pediu desculpas a Judith, quando caiu por causa do esbarrão... Jamais perdoará sua ex-mulher por tê-lo abandonado, deixando uma filha para ele criar sozinho. Ou seja, nunca desculpará ninguém em sua vida. Por que devo lhe pedir desculpas? Se ele foi preso é porque Deus quis assim, e eu não tenho nada com isso!

– Pedir desculpas? – questionou Josias com ar de deboche. – Depois que me jogaram naquela sarjeta e me trataram como um bicho, vocês vêm pedir desculpas? Sinceramente, não estou acreditando.

– Você ainda é suspeito, não se esqueça disso! – lembrei-o.

– Não vou esquecer-me de nada do que me fizeram!

– Por acaso, isso é uma ameaça?

– Tenho os meus direitos e irei processá-los!

– Faça o que quiser da sua vida! – respondi no mesmo tom.

Clóvis começou a sussurrar algo no jardim e Josias desviou sua atenção para ele. Também estranhei sua atitude.

– Conversando com flores, detetive?

– Mais ou menos.

Levantou-se sem nenhuma dificuldade, como uma criança que ainda não sente o peso do próprio corpo, e se aproximou.

– Espero que, apesar da mágoa, tenha compreendido que trabalhamos em prol da segurança pública e erramos como qualquer ser humano deste mundo. Mas isso não quer dizer que você deixa de ser suspeito.

– É remorso? – perguntou revoltado. – Perceberam que estavam enganados e agora estão arrependidos? E quanto à minha moral? Quando a terei de volta?

– Deveria agradecer por não estar na cadeia – respondeu Clóvis. – Sua liberdade já é um grande passo para quem almeja lutar por uma moral perdida.

O feiticeiro fez um bico.

Apenas o sussurro das folhas das bananeiras, produzido pelo vento brando, se elevava sobre o silêncio; ninguém tinha mais nada a dizer. Então demos um último aceno e nos retiramos.

Entrei no meu carro, fechei os olhos e suspirei profundamente. A minha vontade era de xingar o detetive pela palhaçada recente, mas um cheiro de flor impregnou meu olfato. Achei que era coisa da minha imaginação, mas assim que abri os olhos, percebi que o fato era real – havia uma rosa branca a menos de meio palmo do meu nariz.

– Obrigado, senhor, por ter libertado meu pai – disse Ester, entregando-me a flor.

A fragrância ficava cada vez mais intensa, e eu não tive outra opção a não ser pegar a rosa e agradecer com um sorriso forçado. Após isso, ela voltou para casa sorrindo para Clóvis.

– Boa menina – mencionou. – Tomara que seu anjo nunca a abandone.

Joguei a rosa no colo dele. Era o único lugar em que eu podia deixá-la, o painel do meu carro vive empoeirado...

A princípio, pensei que Clóvis fosse o autor daquela babaquice de fazer a menina me oferecer uma flor, mas não havia como acusá-lo; os dois nem chegaram a conversar. No entanto, ele ficou tão exaltado que parecia ter realmente partido dele a iniciativa dela; talvez, telepatia... É melhor não pensar sobre isso.

– Não vou para o hotel, Isaías. Preciso estar a par do que dizem os telejornais. Você está liberado por hoje.

– Telejornais? Então você pulou mesmo de um avião sem usar paraquedas?

– Você assiste TV?

– Sim, apenas futebol e programas de boletins de ocorrências. Futebol é descontração e os boletins são para que eu fique por dentro da atualidade.

– Isso explica essa mente tão terrorista.

– O quê?

– Olha, Isaías, se você considera "boletins de ocorrência" como atualidade, o melhor é rever seus conceitos. Muito obrigado por hoje; amanhã espero você lá na delegacia, ok?

– Beleza! – fui embora sem compreender sua teoria sobre boletins de ocorrência. Pior: ele não me respondeu se pulou ou não sem paraquedas. Melhor deixar isso de lado.

O importante, no meu ponto de vista, foi deixá-lo no hotel e ir imediatamente para o bar do João. Uma cerveja neste calor ia me fazer muito bem.

Entrei no bar e bati a mão na vitrine que tinha o vidro trincado e o dono do bar logo veio me encher o saco.

– Quer quebrar meu balcão, é?

– Eu não. Mas tenho certeza de que se você não tomar vergonha na cara e comprar um vidro novo, um dia vai acontecer um desastre aqui. E a culpa será sua!

– Já encomendei o vidro, e o culpado por isso é que nunca mais voltou; nem para pagar as contas atrasadas!

– Ninguém mandou você ser trouxa! E traz uma cerveja gelada para mim porque estou muito estressado.

João trouxe a cerveja enquanto ele pensava na estratégia do pastor Rafael e do advogado Baltazar contra o bandido que namora a ex-mulher de Josias.

De repente, lembrei-me de um fato interessante: João do bar e Judith também já namoraram. E a minha curiosidade veio à tona.

– Você quase se casou com a defunta, hein, João? Hoje você seria o viúvo mais infeliz da face da Terra. Já pensou?

– Deus que me livre e guarde! Estou muito bem solteiro, apesar da idade. Judith parecia ter o demônio no corpo. Namoramos dois anos e oito meses e ela me chifrou com o Rio Vermelho inteiro e quase toda a região! Não tenho saudades nenhuma do meu passado com ela. Já deve fazer uns cinco anos que nós terminamos e até hoje estou traumatizado. Que Deus a guarde.

– Que Deus que nada! Ela deve estar é no inferno, isto sim!

– Não fale assim da pobre coitada.

– Falo sim! Ou você acha que, depois daquela cerimônia macabra lá no quintal da casa paroquial, a alma saiu do corpo e foi para o Céu? De forma alguma. Sem contar que ela chifrava a todos sem sentir remorso nenhum.

– Mas no fundo era uma boa pessoa, Isaías. Disso você pode ter certeza.

Comecei a rir.

– Olha, João, todo mundo vira boa pessoa depois que morre. Por mais ordinária que seja, sempre vira anjo. Sempre foi assim. Concordo até que a gente pode dar uns "pulinhos" de vez em quando, mas tudo tem um limite. Se a pessoa não maneirar, vai ter endereço lá nas profundezas.

– Esses "pulos" que você menciona são tão impuros quanto qualquer outro pecado existente neste mundo.

– Não se preocupe, João, Deus perdoa. Ou vai me dizer que não dá seus "pulos" de vez em quando?

– Prefiro ficar quieto no meu canto – disse engrossando as veias do pescoço, como se eu tocasse numa ferida.

– Duvido que você não tenha uma ordinária oculta nas sombras da noite, quando os olhos dos linguarudos estão em sono profundo.

– Sou feliz do jeito que sou – respondeu, com ar um tanto sombrio. – Mais do que você imagina!

Nesse momento ocorreu algo bastante estranho: o dono do bar fechou a cara quando viu Abel passar do outro lado da rua. Olhei para Abel e percebi que também encarava o João. Havia ódio no ar – era como se os dois tivessem prontos para matar um ao outro.

– Eu ainda pego esse Abel no porrete – falei.

– Faça bom proveito! – grunhiu João, carrancudo e tenso. Entrou para sua cozinha, como se tivesse algo para fazer. Talvez tivesse mesmo e eu estava atrapalhando.

Contudo, aquela troca de olhares fixou-se em minha mente como um mistério que eu deveria solucionar. Só que no momento o que eu precisava era ir embora.

Subi o morro sentido minha casa. Cheguei até a me aconchegar no assento, colocando o braço esquerdo para fora e escorando a cabeça no encosto. Estava morto de cansaço e um pouco de pileque.

A flor branca ficou no assento ao lado, ao vê-la tive uma enorme antipatia por ela. A minha intenção era jogar a flor no lixo. Deveria ter feito isso no caminho de casa, mas só pensei nessa hipótese quando estava na garagem. Mesmo assim, peguei a rosa, saí do carro e...

– Fiquei sabendo que visitou sua mãe, hoje – falou Madalena. – Milagres acontecem! Para quem é esta flor, Isaías?

– É para você! – grasnei; ia jogar fora mesmo.

– Sério?

– Tome!

Deixei Madalena de lado e fui para cozinha. Gabriel, o meu filho caçula, estava brigando com a irmã por causa de um copo de plástico colorido. Maria já tem 13 anos e ainda se comporta como uma criança mimada. Quando é que ela vai amadurecer? Onde já se viu brigar por causa de um copo?

– Deixe o copo com ele e vá fazer os deveres de escola! – ordenei, pegando-a pelos cabelos e expulsando-a da cozinha.

– Mas o copo é meu!

– Cale a boca ou eu o enfio pela sua garganta abaixo!

Peguei o copo da mão de Gabriel, guardei-o na parte alta do armário e dei-lhe um coque para que nunca mais atazane a irmã. Os dois saíram chorando. Que lhes sirva de lição!

Anoiteceu.

Nem percebi que fiquei uma hora e meia no banheiro.

Tomara que esse detetive cumpra com a palavra e descubra quem são os assassinos de Judith em uma semana. Ainda bem que amanhã já é quinta-feira.

Hoje, graças a Deus, vou dormir mais cedo.

Quinta-Feira

8h15 da manhã

As andorinhas já sobrevoavam a relva à procura de insetos. Sabiás, tizios e bicos-de-lacre cortavam aleatoriamente os ares. O frio da madrugada ainda não havia se dissipado, e o sol, tímido, parecia mais uma lua cheia, por causa da pesada cerração que cobria o céu densamente branco.

O detetive que desvenda mistérios do arco da velha ficou deslumbrado com essas baboseiras. Nunca vi tanta infantilidade numa só pessoa.

E ainda deve ter andado a cidade toda com o bauzinho de correspondências antigas de Judith debaixo do braço até chegar aqui, porque assim que cheguei, vi aquela coisa brega em cima da mesa do delegado.

– Bom dia, Isaías!

– A gente tenta.

– E por que não consegue?

– Você pergunta isso porque não tem uma esposa que mal sabe fazer um café, três filhos ordinários e um tio tagarela feito matraca. Por isso!

– Mesmo assim, bom dia! – disse, rindo da minha cara. Ria da minha cara e contemplava as montanhas ao longe: um tremendo cara de pau!

– Por onde vamos começar a investigação por hoje? – perguntei fingindo que não estava fulo com ele.

– Preciso saber o que aconteceu com o portão.

– Que portão?
– O portão de madeira que foi arrombado na noite do assassinato.
– O que aquela porcaria tem a ver com este caso?
– Detalhes são importantes.

Tive vontade de rir daquela babaquice, contudo, o melhor é fazer o que ele quer – estava por conta mesmo.

Clóvis pegou o bauzinho em que a falecida Judith guardava suas correspondências e o colocou no meu carro. Fomos para a casa paroquial.

A mesma beata que já havia nos atendido estava cuidando das plantas preferidas do padre Lázaro. Deve ter errado muito em outras encarnações para merecer viver desta forma: só rezar para que Deus salve sua alma, fofocar sobre a vida dos outros e cuidar das plantas do padre. Ou é castigo ou falta do que fazer.

– Bom dia! – cumprimentou o detetive. – O padre Lázaro está?
– Bom dia! Ele saiu para entregar algumas cestas básicas, mas volta logo. Não querem entrar e esperar?
– Tudo bem.

Entramos e sentamos à mesa, perto da escada que dá para o andar de cima. O detetive ficou admirado com o corrimão de madeira, esculpido pelo falecido pai de Moisés, o carpinteiro, que apesar de ignorante, ao mesmo tempo era um artista nato, o "Aleijadinho" de Rio Vermelho.

– Fiquem à vontade – disse a beata. – Tenho de voltar a cuidar das plantinhas.

Passado um tempo, vi o carro do padre passando pelo lado oposto da praça, bem em frente ao beco da casa de Judith. Percebi que o veículo não fez aquele ruído quando passou pelo imenso redutor de velocidade. Se eu tivesse dinheiro, compraria um carro assim para mim.

Deu para ver a cara de Tobias, o motorista "quebra-galho" do padre, que não ficou nada satisfeito ao ver meu carro estacionado ali em frente; o padre desembarcou e veio em nossa direção, enquanto Tobias foi para o lado oposto. Lázaro olhou para trás, estranhando o procedimento de seu motorista, mas não fez nenhum comentário porque havia uma visita muito importante em sua casa: o famoso e antiquado detetive Clóvis.

Lázaro tem os cabelos castanhos, longos e partidos ao meio, semelhantes aos de Jesus Cristo. A semelhança só não é mais acentuada porque a idade é um pouco mais avançada que os famosos 33 de Jesus. Eu calculo que ele tenha uns 45. Mas o povo adora a tal semelhança, e não estão nem aí para a diferença de idade.

— Salve, salve, detetive Clóvis! — exaltou o padre como se já o conhecesse. — É um prazer conhecer o homem que está salvando nossas igrejas das agressões e interpretações errôneas desse fanático iconoclasta. Presumo que falta pouco para pegá-lo.

O padre o abraçou fortemente e riu felicitado. Parecia uma honra ele conhecer o tal detetive.

— Você fala como se eu trabalhasse sozinho, padre Lázaro, mas tem uma equipe muito qualificada atuando nesse caso. E de fato, segundo minha previsão, falta pouco para que o iconoclasta seja preso.

— Nunca a nossa entidade precisou tanto de alguém para ser protegida de um terrorista tão covarde. A propósito, o que você veio fazer em nossa cidade?

— Estamos montando as peças desse quebra-cabeça que parece não ter solução; e talvez o senhor possa nos ajudar.

O padre ficou entristecido quando o detetive tocou no assunto do assassinato que ocorreu em seu quintal. Ele caminhou para a escada, apoiou uma das mãos na esfera de madeira que enfeitava a base do corrimão, olhou abatido para o chão e sussurrou, com lamúria, o nome de Deus. Um suspiro o fez retornar ao presente.

"Para variar", Clóvis não olhava diretamente o padre, mas se concentrava nas escadas imediatamente acima de onde ele estava. Faziam esplandecer um largo sorriso em seu rosto: alguma coisa sobre os degraus fazia-o proceder daquela maneira, porém nenhuma forma de vida podia se ver no sentido do seu olhar.

— Um anjo dizendo "eu te amo" — mencionou o detetive —, que interessante!

— O quê?! — indagou o padre, sobressaltado com a fala do detetive.
— Perdão. Pensei alto.

Lázaro o encarou severamente, assustado.

— Se sua investigação está voltada para a destruição de imagens sagradas, o que você está fazendo aqui no Rio Vermelho? Minha igreja não está na lista dos iconoclastas, está?

— É impossível saber onde atacarão novamente; não posso garantir nada quanto a isso. Estamos aqui apenas para saber sobre o velho portão. O que aconteceu com ele depois de trocado?

— Eu não queria que o local fosse profanado por curiosos, nenhum padre aceitaria. É um desrespeito! No entanto, os cidadãos rio-vermelhenses têm o direito de saber a verdade e, por isso, mandei trocá-lo para que apenas pessoas autorizadas tivessem acesso à cena do crime e com permissão judicial. Do contrário, os curiosos iriam atrapalhar o trabalho da polícia.

— Fez muito bem, padre Lázaro, mas onde está o antigo portão?

— Com Moisés, o carpinteiro. Foi ele quem o substituiu.

— Judith trabalhava aqui como catequista. Você, por acaso, não reparou nada de anormal no comportamento dela antes da fatalidade?

— Judith era a mais jovem e a mais agitada das catequistas. Tinha um astral tão bom que nem o incidente com Josias nem o modo como ele a tratou, parecendo fazer ameaças, a intimidaram. E quanto a esse Josias, não acredito que ele possa ser o autor desse crime, mesmo que tenha fama de feiticeiro.

— Será que alguém tentou se vingar de Josias e se aproveitou da situação?

— Aí eu já não sei.

— Tem certeza de que você não ouviu nada naquela noite? Nem as pancadas de alguém tentando arrombar o portão?

— Chovia muito, detetive. Nem se eu estivesse acordado daria para ouvir; e se ouvisse, jamais pensaria que fosse alguém arrombando o portão. Cidade pequena não tem dessas coisas. Graças a Deus!

— O assassinato foi tarde da noite, a casa de Judith não foi arrombada, a chave ficou na porta pelo lado de dentro e ela bem-vestida, ao invés de usar roupa de dormir. Os criminosos, então, seriam conhecidos dela?

— É bem provável. E podem ter mentido, alegando que precisavam levá-la para algum lugar com urgência, pois havia um parente enfermo ou qualquer coisa assim. Ela não hesitaria em trocar de roupa e sair em companhia deles, deixando a porta apenas cerrada.

— Se foi dessa forma – concluiu o detetive –, deve ser alguém muito próximo a ela, pois ela não abriria para qualquer um.

Tobias apareceu de forma repentina e o assunto foi imediatamente interrompido. Fitou o padre à espera de alguma resposta, sem fazer perguntas.

— Está liberado, Tobias, vou precisar de você só depois do almoço.

O motorista apenas levantou o polegar e saiu.

– Quero lhe mostrar algo – disse Clóvis ao padre, voltando ao assunto. – Encontrei isto no pequeno baú em que Judith guardava suas correspondências.

O padre pegou a pequena tira de papel, leu o que estava escrito e observou o verso, que nada tinha.

– Isto é sangue – concluiu Lázaro ao ver as manchas.
– É justamente isso que não deu para entender.
– Pode ser que esse bilhete não tenha nada a ver com o crime.
– É... Pode ser.

Sem mais o que perguntar, o detetive agradeceu a ajuda e voltou a olhar para a escada. Um sorriso estampou-se em sua cara. Despedimo-nos e saímos.

Do lado de fora, o "cara de piano" voltou a observar o voo da pomba solitária. Meu corpo coçava de impaciência só de ver o tanto que o homem era imbecil. Uma porque falou asneira com o padre: "um anjo dizendo eu te amo", e outra por ficar olhando a pomba voar. Será que é o mesmo detetive que as pessoas dizem passar na televisão? Se for, a viagem de ônibus de lá para cá deve ter feito mal ao seu cérebro.

Abel, o filho de Moisés, conversava com Tobias próximo à igreja. Ficaram em silêncio quando perceberam que Clóvis pegou o bauzinho de cartas e atravessou a rua em direção à minha Variant. Percebi que eles não gostaram da nossa aproximação e, então, pus a mão para trás para empunhar com mais agilidade o revólver, caso houvesse desordem por parte desses elementos.

– Tempo bom para ficar debaixo de um cobertor, curtindo esse friozinho, hein? – Clóvis sorriu.

– É mesmo – disse Tobias. – O clima aqui é meio maluco. Assim que a cerração acaba, a temperatura sobe de uma maneira assombrosa.

– E a faxina, deu tudo certo?
– Esse povo é medroso demais. Tive de ajudar na limpeza porque a moça dizia sentir a presença de Judith enquanto tirava a poeira da sala. Tem lógica?

O detetive riu e virou-se para o filho de Moisés.

– E seu pai, Abel, já abriu a marcenaria?
– Meu pai acorda cedo, por quê?
– Preciso de detalhes sobre o portão arrombado. Já que foi ele quem o reformou, deve saber alguma coisa. Aliás, você também ajudou a consertá-lo, certo?

– Certo...

– Responda-me uma coisa: como conseguiram substituir tão rápido aquele portão?

– Os portões antigos aqui seguiam uma medida padrão, projetada pelo meu avô, que Deus o tenha. Isso facilita nosso trabalho de manutenção porque mantemos portões prontos com a mesma medida. Por sorte, as dobradiças não foram danificadas no arrombamento por causa da podridão da madeira. Bastou, então, retirar os estilhaços do antigo portão e instalar o novo.

– Em que posição estava o portão arrombado no momento em que você chegou ao local?

– Onde caiu, ficou, e estava rachado ao meio, cheio de pegadas de barro, mas o que o arrancou mesmo foram os pregos das dobradiças.

– Um chute naquele portão não acordaria o padre ou alguém ali por perto?

– Acho que não. A madeira, apesar de ser braúna, era muito velha e a queda foi amortecida pelo barro. Talvez uns três chutes bem dados seriam o suficiente para arrombá-lo; e com o barulho de chuva, provavelmente ninguém ouviria algo incomum.

– E onde estão os destroços desse portão?

– Acho que meu pai os queimou.

– Por quê?

– O padre lhe pediu que se conseguisse recuperá-lo, desse para alguém necessitado, mas meu pai é muito religioso e não gosta de coisas que foram tocadas por pessoas que têm pacto com o demônio. Preferiu jogá-lo ao fogo.

Clóvis suspirou descontente.

– Encontrou algo no bauzinho, detetive? – perguntou Tobias, observando-o segurar o pertence da defunta.

– Nada – mentiu. – Não há nada que possa levantar alguma suspeita aqui dentro. Preciso devolvê-lo ao seu local de origem. Você ainda está com a chave?

– Além de estar com a chave, também estou disponível.

– Ótimo! Vou precisar de você para tirar algumas dúvidas.

– Dúvidas sobre o quê?

– Vamos para a casa de Judith e você saberá.

O detetive agradeceu Abel pela atenção e seguiu caminho contemplando a pomba que fazia giros sobre a praça.

Tobias abriu a porta, que rangeu tenebrosamente. Bem que ele poderia passar um óleo lubrificante nessas porcarias de dobradiças enferrujadas. O detetive colocou o baú sobre a mesa e foi direto para as fotos emolduradas, dependuradas nas paredes da copa. Começou a perguntar quem era quem, e Tobias respondia a todas as perguntas. Lógico que numa cidade pequena como essa todo mundo conhece todo mundo. Ele até contava casos sobre as fotos. Então Clóvis retirou quatro retratos em que se via maior quantidade de parentes e amigos da falecida e perguntou se eu sabia onde morava a maioria. Respondi que conhecia todos, ele ficou satisfeito.

– Estas são mais recentes – disse ele pegando um maço de fotos. – Foram tiradas no aniversário dela e vão fazer um ano. Se Judith estivesse viva, faria aniversário neste domingo, e com certeza iria ter outra festa daquelas na casa da irmã dela, lá no Mundo Velho. Dona Rute, sua irmã, também mencionou esse aniversário.

– Você não vai atrás dessa gente para fazer interrogatório, vai? – perguntei.

– Por que acha que peguei essas fotos?

– Desse jeito você vai colocar todo mundo como suspeito!

– E por que não?

– Viu o jeito como Moisés nos atendeu? Há pessoas mil vezes mais ignorantes do que aquele marceneiro nesta cidade. Se você está acostumado com essa gente medrosa de cidade grande, aqui a história é outra!

– Já trabalhou em algum outro lugar, além de Rio Vermelho?

– Não.

– Então deve ser por isso que conhece pouco sobre pessoas.

Clóvis deixou o bauzinho no quarto e agradeceu ao motorista particular do padre pelo auxílio à investigação. Percebi que Tobias diminuiu muito as suas risadinhas e só conversava o que era essencial, como se estivesse com um pé atrás. Parecia temer a presença de Clóvis.

Depois fomos para o meu carro.

– Visitaremos estas pessoas – falou, mostrando-me as fotos. – Uma por uma.

Suspirei desanimado. Vou perder um bom tempo de minha vida, gastar a gasolina da minha Variant e ainda ter que conversar com essa gente inútil.

O resto da manhã foi como havia imaginado: nauseante. Fomos quase de casa em casa para saber um pouco sobre a vida de Judith; porém, a lorota era a mesma: "ela era uma pessoa muito boa". Depois que morre todo mundo vira uma boa pessoa. Esse povo não sabe o que fala, apenas repete autômato uma tradição da qual nem se dá conta; é por isso que jamais progredirá na vida.

Clóvis, atencioso com as pessoas, fazia perguntas triviais e deixava o olhar flutuar, vigiando mosquitos que não existiam. Notei que ele não estava contente com a ideia de interrogar o povo, assim seguia esse procedimento com parcimônia, mas também com persistência.

Assim foi depois do almoço também.

Entretanto, a rotina de monótonas visitas teve um fim. Passamos na rua do fórum e nos deparamos com um aglomerado de pessoas que assistia ao tal do Ezequiel, o homem com quem Salomé, a ex-mulher de feiticeiro, juntara os panos.

Ele queria saber quem tinha sido o responsável por apontá-lo como suspeito pela morte de Judith, e queria passar o fato a limpo de qualquer jeito; no entanto, o promotor responsável pelo inquérito havia viajado. O homem ignorava a argumentação de que ninguém poderia fazer nada por ele naquele momento. Se o idiota tivesse telefonado de sua cidade antes de vir, com certeza não perderia viagem. Gente desinformada só leva prejuízo.

Descemos do carro e vimos Ezequiel aos gritos, chantageando e tentando invadir o fórum, mas os funcionários o impediam. Entre eles estava Baltazar, o advogado.

Estufei o peito e fui em direção ao desordeiro; porém, um silêncio penetrante e absoluto, seguido de olhares que convergiam para um mesmo ponto, colocou o detetive Clóvis no centro das atenções. Enquanto precisei empurrar essa gente para passar, para ele o caminho foi aberto sem que necessitasse mencionar uma só palavra. Seus passos foram acompanhados por todos em total respeito, até que se aproximou de Ezequiel.

– Precisamos conversar.

A notícia de que havia um detetive de alto nível na cidade já devia ter se espalhado pela região porque, de monstro, Ezequiel transformou-se num menino, confiante de que um diálogo com aquele homem já resolveria seu problema. Clóvis pediu licença para os funcionários do fórum e entrou acompanhado pelo mau elemento.

Passados dez minutos, os dois saíram.

Ezequiel, mais amigável, queria ir embora o mais rápido possível, principalmente depois que viu a viatura da polícia militar estacionando. Partiu em alta velocidade para não dar nem chance de a PM tentar persegui-lo.

Clóvis, com seu confiante sorriso, foi em direção ao advogado Baltazar e pediu para que esquecesse a hipótese de que Ezequiel fosse o assassino. Baltazar aceitou o argumento sem nenhum comentário; o respeito pelo detetive era tamanho que "se falou, tá falado".

A poeira abaixou tão rápido que a única opção que tínhamos era entrarmos na minha Variant e deixarmos para trás o monte de fuxiqueiros que ficaram a olhar o detetive como se ele fosse um ator de novela.

– Menos um suspeito em nossa lista! – disse Clóvis, já dentro do carro.

Apenas sorri. Depois da facilidade com que ele pôs aquele homem para correr, adicionada à submissão de Baltazar, não me restava nada mais a não ser ficar calado.

Fomos em direção à delegacia.

"Menos um suspeito em nossa lista."

Essa frase ficou gravada em minha mente por algum tempo, fazendo alternância com outro questionamento criado por mim: "Que lista?"

É a primeira vez em minha vida que vejo um detetive sem uma lista de suspeitos ou estratégia lógica e pressão psicológica para descobrir um assassinato.

Mal estacionei na delegacia e Madalena, minha esposa, veio com meus três filhos ao nosso encontro. Todos com um sorriso largo e direcionando o olhar para o detetive ao meu lado.

Estranhei o comportamento deles porque não conheciam o cara e já estavam maravilhados com a presença dele.

– É a televisão a nosso favor, Isaías. Não vai demorar até que um pelotão de repórteres apareça em sua cidade à minha procura. Isso implica que devemos ser mais ágeis na investigação dos assassinos de Judith.

Tentei questionar o que uma coisa tinha a ver com a outra, mas minha mulher se aproximou da porta pelo lado do carona e me interrompeu bem na hora em que eu ia abrir a boca.

– E a investigação, como está indo? – puxou assunto.

– Há pouco progresso, Madalena, mas não é tão desanimador quanto se imagina.

– Você me conhece?

Madalena ficou toda entusiasmada ao ouvi-lo e meus filhos ficaram perplexos; Clóvis saiu do carro com a simpatia em alta, cumprimentando a todos e relatando a dificuldade em achar vestígios do assassinato.

Matheus, meu filho mais velho, tinha em suas mãos uma máquina fotográfica. Maria, um pouco tímida, abraçou a mãe, mas trouxe um gravador portátil. Gabriel, o meu mais novo, tinha um binóculo e olhava Clóvis como se fosse o próprio super-homem; e às vezes colocava o brinquedo na cara para ver o detetive mais de perto, mesmo estando a dois passos de distância. Com certeza era presente do tio Pedro.

– É verdade que você pulou de um avião sem usar paraquedas? – perguntou Gabriel.

– Pulei sim. Mas nem pense que isso foi uma boa experiência. Para falar a verdade, nunca mais farei uma coisa dessa novamente.

– Por quê?

Madalena pediu para que Gabriel ficasse quieto e começou ela mesma a incomodar o detetive.

– Conversaram com Elias, o açougueiro?

– Conversamos, por quê?

– Porque ele foi um dos primeiros a ver o que aconteceu. Dizem que os curiosos quase estragaram tudo só para ver o corpo da coitadinha, mas Elias não, nem pisou no portão arrombado porque sabia que iria atrapalhar o trabalho da polícia.

– Ficamos sabendo disso – respondeu Clóvis.

– Dizem que o padre fez o maior bafafá quando viu o monte de gente no seu quintal. Só faltou pegar uma galha do pé de goiaba e bater em todo mundo, como fez com os evangélicos.

– Padre Lázaro é muito inteligente, Madalena, mas deveria saber conter seus impulsos.

– Ele tem pressão alta e passa o maior sufoco para fazer com que Tobias, seu motorista, supere o vício de bebidas alcoólicas, e agora vem a morte de uma de suas catequistas.

– Tobias tem problema com bebidas? – perguntou Clóvis, atencioso.

– Dizem que quase foi substituído porque bebeu demais numa festa religiosa lá no Magalhães, um bairro distante da cidade. Enquanto Lázaro foi celebrar a missa, ele bebeu, bebeu e bebeu. O padre não tem carteira de motorista e deve dar bom exemplo para que os motoristas da cidade não dirijam sem ser habilitados. Só que nesse dia quem teve que dirigir foi ele, porque Tobias estava totalmente embriagado. Dizem que...

– Dizem, dizem, dizem! – intrometi-me, impaciente. – Será que você não sabe fazer outra coisa a não ser falar da vida dos outros?

De repente eu ouvi as minhas palavras sendo repetidas pelo gravador que estava na mão de minha filha. E o interessante é que mesmo a distância reproduzia um som de boa qualidade.

Clóvis começou a rir e Matheus aproveitou o ensejo para tirar uma foto; então ele me passou a máquina e os cinco se juntaram para uma foto que tinha como pano de fundo a minha Variant; e fiz questão de que meu carro saísse inteiro na foto.

Minha família foi embora carregando a máquina fotográfica com o maior cuidado do mundo. Só faltou pedir autógrafo.

O detetive adorou a recepção calorosa e se divertiu bastante ao conversar com meus filhos. Depois ele foi para a sala do delegado fazer uns telefonemas dedicados ao efeito da mídia na população rio-vermelhense.

Escorei-me no meu carro e fiquei até tonto tentando descobrir o que estava acontecendo com o povo rio-vermelhense em relação ao detetive "astro de cinema", e o que um pelotão de repórteres viria fazer aqui na cidade atraído por sua presença. Aí me veio a questão levantada pelo padre Lázaro sobre a possibilidade de que "ícone sei lá das quantas" pudesse vir aqui; e por qual motivo descobrir quem matou Judith era tão importante.

Pior que isso era tentar descobrir a relação contraditória desse detetive entre a facilidade inexplicável de ler pensamentos e a visível dificuldade de descobrir os assassinos. Parece que seus métodos não funcionam como desejaria. A não ser que ele ainda não se deparou com nenhum dos integrantes do ritual macabro; ou, se sim, está esperando a hora certa para cercá-los... Sei lá!

É tanta informação que eu tive que massagear minhas têmporas. Concluir que preciso assistir mais à televisão.

O sol se pôs e a estrela d'-alva ficou irradiante no céu ainda claro.

Clóvis saiu da delegacia com um sorriso estampado e veio em minha direção querendo bater um papo.

– Para onde esta rua vai se a gente seguir morro acima?

— Há um campo de aviação no alto da montanha. Uma pista não pavimentada onde, uma vez na vida outra na morte, desce um teco-teco. É comum uns meliantes frequentarem o lugar porque tem uma vista muito bonita do céu, sem contar que é um local isolado do mundo e eles podem fazer o que quiserem lá em cima.

— Interessante: um lugar que tem uma boa vista para o céu.

Clóvis sorriu e contemplou a estrela d'-alva.

— Não é estrela, Isaías, é Vênus. Um planeta reflete a luz do sol, enquanto as estrelas têm luz própria. A propósito, você tem uma família e tanto! Gostei de todos.

— Se quiser levar todos com você, está liberado.

Ele caiu na gargalhada e voltou a olhar para a estrela, digo, o planeta.

— Num sistema planetário, Isaías, cujo sol não tem calor, seus planetas também seriam frios?

— Óbvio!

— E se, por um milagre, esse sol esquentasse, seus planetas também aproveitariam esse aquecimento milagroso?

— Se eles estão lá por perto, com certeza iriam esquentar também. Isso é alguma gozação?

— Não. É apenas uma metáfora sobre o ser humano.

— O que você quer dizer com isso?

— Quero dizer que quando a gente muda, a tendência é que as pessoas ao nosso redor mudem também.

— Você está querendo dizer que o problema da minha família está na minha pessoa?

— Já experimentou esquentar-se como um sol?

— O quê?!

— Já experimentou dar-lhes um bom dia, um conselho, um abraço, ou... Uma flor?

— Isso é besteira!

— E o que você conseguiu até hoje com sua forma de pensar?

Fiquei em silêncio. A única coisa que veio à minha mente foram palavrões.

— Você já foi casado? – perguntei.

— Não.

— Pensa nisso?

— Penso.

– Então, quando você formar sua família, verá o que é estar em meu lugar.

– Você não pode tratar seus filhos da maneira como seus pais o trataram.

– Por acaso, você conhece meus pais?

– Não, mas sei que sua personalidade é herança da personalidade deles, e você está passando-a para seus filhos.

– Você não sabe o que está dizendo – rebati. – Se você não é casado e vive de um lado para o outro neste mundo sem parar em lugar algum, é bem provável que não tenha nem mesmo um relacionamento. Portanto, não tem noção do que é estar em meu lugar.

– Um sistema solar perfeito, Isaías, precisa de um sol perfeito. É isso que você precisa compreender.

Ele desistiu de me ensinar a viver, mas não tirou o sorriso do rosto.

Preferiu ir embora a pé, alegando que precisava arejar a mente e conhecer melhor a cidade. Então dei-lhe boa noite descontente sobre o que ele me disse, óbvio, e subi o morro que vai para a minha residência, deixando meu carro na porta da delegacia.

Sexta-Feira

O dia estava tão bom que nem me importei ao ver o detetive contemplar as porcarias das borboletas no medíocre jardim da delegacia.
– Bom dia, Isaías!
– Ótimo dia!
– Animado hoje, hein?
– Sexta-feira é sempre assim.
– E por que não é assim todo dia?
– Porque todo dia não é sexta-feira, ora essa!
– É verdade! – riu.
– Vamos pegar as fotos e continuar nossa investigação, detetive?
– Depois. No momento tem uma pessoa querendo conversar com você.
– Quem? – perguntei.
– O delegado Jonas.

Até que enfim uma notícia boa. E tomara que ele traga boas novas, aliás, ótimas novas, para melhorar ainda mais o meu dia. Primeiro, porque Jonas vai me contar detalhadamente quem é esse honorável detetive. Segundo, porque o delegado é que vai acompanhar essa investigação a partir de agora. E por último, vou voltar para meu canto e ninguém mais vai me atazanar. Graças a Deus!

Dr. Jonas admirava sua mesa em ordem, simplificando seu trabalho. O que mais chamava a atenção na cara do pobre coitado eram os cabelos ondulados numa cara magrela e morena, somada ao antipático bigode.

– Tudo bom, Isaías?
– Pode melhorar.
– Veio acompanhado?
– Não. O detetive ficou lá fora vendo borboletas.
– Feche a porta.

O delegado olhou pela janela para se certificar de que não havia ninguém por perto. Fiquei imediatamente ansioso. Ele se sentou e estampou um sorriso típico do fofoqueiro que está prestes a estourar uma notícia bombástica.

– Como está a investigação?
– Sem pé e sem cabeça – respondi.
– Mas ouvi falar que ele descobre tudo!
– Somente pensamentos, isso sim.
– Como sabe disso, Isaías?
– Fique perto dele e logo saberá. E o que você sabe sobre esse detetive?
– Ele já esteve num hospício – revelou aos sussurros. – Considerado maluco.
– Sério?!
– Isso foi há uns cinco anos. Era uma pessoa normal, mas ficou desse jeito depois de ter subido num monte para fazer suas orações e desceu dizendo que havia conversado com Deus, e que Deus lhe havia concedido o dom de traduzir a linguagem dos anjos.
– E ele veio traduzir a linguagem dos anjos aqui no Rio Vermelho?!
– Não! Ele já está curado dessa psicose, assim dizem. O mistério está na facilidade com que ele descobre as coisas.
– Isso é verdade – mencionei. – Parece que é o próprio capeta que conta tudo para ele.
– Não é o capeta – riu o delegado. – Dizem que ele ainda conversa com os tais anjos. Todo mundo tem um anjo da guarda; basta que esse detetive se aproxime da pessoa e faça as perguntas certas, e os anjos contam tudo.
– E você acredita nisso, delegado?
– Você é que tem de me dizer se é possível uma coisa dessa. Não está trabalhando com ele?

Fiquei pensativo.

Clóvis, então, já esteve num hospício. Pela lógica, é bem provável que sua loucura esteja voltando gradativamente. E como ele não tem consciência da realidade, com certeza, fica fingindo que existem anjos para todos os lados.

– Bom, Jonas, tem hora que ele assusta a gente... Mas quem lhe contou isso?

– Ouviu falar da investigação de um tal iconoclasta?

– Sim. Só falam nisso aqui em Rio Vermelho.

– O caso é o seguinte...

Dr. Jonas contou-me mais ou menos sobre o tal iconoclasta, só que não deu para entender muita coisa. O método que esse detetive utiliza é meio esquisito, e eu não estava muito a fim de ficar falando de explosão de santos em altar de igreja.

– É você que vai prosseguir com essa investigação a partir de agora, certo?

– Deus que me livre! – respondeu. – Estou de folga, mas pode utilizar a viatura, que é bem melhor que sua furreca velha.

– Mas eu...

– Não posso, Isaías. Tenho compromisso marcado.

– Mas eu pensei que...

– Pensou errado! Continue seu serviço e diga para esse detetive que estou muito agradecido por ter organizado a minha mesa enquanto estive fora.

– Como você sabe que foi ele e não eu?

O delegado deu uma bafastada no seu cigarro, riu com sarcasmo e disse:

– E desde quando você sabe fazer alguma coisa?

Saí da sala puto da vida. Esse delegado ainda terá a vez dele, e eu quero estar por perto para comemorar o dia em que ele for castigado!

Por outro lado, não gastarei a gasolina do meu carro. Assim que o dia passar, estarei livre novamente. A única coisa que devo fazer é observar o "detetive que veio do hospício" fazendo as mesmas perguntas para as pessoas sem ao menos mudar a sequência de seus interrogatórios; dirigir de uma casa para outra de acordo com as fotografias selecionadas e rir desse povo atrasado que para na rua para espiar uma viatura só porque transporta um detetive que apareceu na televisão. Gente de interior é sempre gente de interior.

A parte da manhã voou. O sol, aos poucos, foi tomando força até que a temperatura ambiente tornou-se insuportável. Mesmo assim não reclamei da vida, porque eu estava em contagem regressiva para o fim do expediente.

Quando passei no centro da cidade, Matheus, meu filho, acenou para que eu parasse.

– Tudo bem, Clóvis?

– Tudo bem!

– O que é que você quer? – perguntei.

– A mãe pediu para que você comprasse um filé de qualidade para o almoço de hoje lá no açougue do Elias.

– Elias? Aquele porco?! Vive com as mãos vermelhas de sangue e não as lava nem para dormir. Pode deixar que eu compro em outro lugar.

– O senhor é quem sabe.

Matheus comentou com Clóvis que hoje cedo, na rádio, não se falava em outra coisa a não ser sobre o detetive da TV que estava atuando no assassinato de Judith em nossa cidade. Clóvis agradeceu o recado e pediu que eu arrancasse urgentemente.

– Vamos ao açougue de Elias – ordenou o detetive.

– Mas eu não compro carne naquele açougue. Elias é um porco...

– Vamos para lá, agora!

Clóvis entrou no açougue decidido a fazer alguma coisa.

Ele deu uma rápida olhada no estabelecimento, que é igual a qualquer outro açougue deste mundo: mosquito por toda parte e um monte de cachorro na porta esperando por ossos. Depois de contemplar o interior daquela espelunca, encarou o muxuango franzino que estava do outro lado do balcão.

– Desejam alguma coisa? – disse Elias, o magarefe.

– Desejamos, sim – respondeu Clóvis, sério. – Queremos que explique isto.

Tirou do bolso um pedaço de papel manchado com sangue velho em que se lia uma única palavra: "Hoje?", e colocou em cima do balcão. Percebi imediatamente que Elias mudara de cor, ficando boquiaberto, sem saber onde enfiar a cara; não conseguiu emitir uma só palavra para explicar o que estava acontecendo e começou a tremer.

Mal pensei em tirar meu revólver e Clóvis ergueu a mão ordenando que eu ficasse quieto.

– Podemos conversar, Elias?

– Entrem, por favor.

Um quintal parcialmente cimentado, um monte de violetas e bromélias amontoadas: era o que se via nos fundos da casa de Elias. No mais, um muro tão alto que não dá para ver a casa dos vizinhos. O telhado se prolongava até certo ponto, deixando o local mais fresco; havia uma mesa rústica no centro da área protegida e arejada.

Elias é solteiro, aparenta ter uns 30 e poucos anos e sua simplicidade faz com que ninguém comente sobre sua vida. Meio magro, de nariz fino, cabelos castanho-claros e partidos ao meio; é um tipo que não chama a atenção de ninguém porque nem de casa sai. Não sei se ele tem algum relacionamento. Mas que está relacionado com o crime, com certeza está.

– Onde estava esse papel? – perguntou o açougueiro, dando uma de vítima.

– No baú de correspondências que Judith colecionava.

– Pensei que ela tivesse jogado fora – suspirou. – Nem lembrava mais desse papel.

– Quando, exatamente, você passou esse bilhete para ela?

– Três ou quatro meses atrás.

– Conte-nos o que aconteceu, por favor.

– Ela se tornou minha freguesa há uns dois anos. E sempre vinha ao açougue toda espevitada. No princípio, eu era mais acanhado, mas aos poucos fui entrando no seu clima, e começamos a pegar intimidade.

Até que ela me convidou para ir a uma festa na casa da irmã dela; isso foi no ano passado. Não estava a fim de ir, mas ela disse que, se eu fosse, teria uma surpresa mais adiante. Insistiu até me convencer.

Foi uma festa calorosa. O sítio de dona Rute, sua irmã, ficou lotado de gente. Tiraram fotos de todos os convidados, menos de mim – detesto ser fotografado.

Passados alguns dias, ela veio aqui dizendo se sentir muito solitária e convidando-me a ir a sua casa para a gente conversar um pouco a sós; também mencionou a tal surpresa. Aí, esperei anoitecer e fui para sua casa na hora em que a cidade estava semiadormecida... E tive uma noite inesquecível. Mas não ficou por aí; nos encontramos diversas vezes depois, sempre na calada da noite.

Até que um dia, quando o açougue estava cheio de fregueses, ela apareceu para pegar sua encomenda. Eu queria marcar um encontro para mais tarde, mas como o nosso relacionamento era secreto, não pude fazer nem ao menos um gesto que indicasse minha intenção. Tive, então, a ideia de escrever esse bilhete e colocar dentro da sacola de carne. Um "Hoje?" já seria o suficiente para que ela entendesse meu recado. Tinha que ser rápido e, por isso, rasguei uma tira de papel de qualquer jeito e escrevi sem nem mesmo lavar as mãos. Ninguém no açougue percebeu.

Pena que mais tarde ela me ligou alegando que tinha um compromisso, e que provavelmente não iria chegar cedo em casa, e, se chegasse, estaria cansada demais para se encontrar comigo.

– Quanto tempo durou esse relacionamento? – perguntou o detetive.

– Onze meses, aproximadamente.

– E se encontravam sempre?

– Não. Na maioria das vezes, ela inventava uma desculpa qualquer, só que eu nunca me importei com isso.

– Ela tinha outro amante?

– Acho que não; se tivesse, eu não ficaria com ela.

– Alguém mais sabia de seus encontros?

– Não – respondeu o açougueiro, lacônico.

– Já o viram entrando ou saindo da casa de Judith?

– Por pouco, mas creio que não.

– Por pouco?

– É... Foi mês passado. Havíamos combinado de nos encontrar à noite. Não havia ninguém na rua, passei pela praça da igreja e entrei no beco, como de costume. Quando eu estava próximo da casa dela, um carro apareceu repentinamente na esquina da praça. O motor estava desligado e não o ouvi raspando o fundo no redutor de velocidade. Entrei correndo na varandinha da casa sem deixar que, seja lá quem fosse que estivesse dirigindo, me visse.

– Você viu o carro?

– Só percebi que havia um veículo passando na praça graças à luz dos faróis, que clareou beco adentro de uma hora para outra, e corri sem olhar para trás.

Elias fez silêncio, como se não tivesse mais nada para dizer. O detetive percorria a mesa com o olhar, concentrado. Percebi que ele não estava contente com as revelações do indivíduo, e pôs lenha na fogueira.

– E o que mais você tem a me dizer? – interrogou, desconfiado de alguma coisa.

– É só!

– Tenho a impressão de que você está me escondendo algo... E é melhor contar.

– É só isso, eu juro! – disse o açougueiro, inquieto.

– Tem certeza?

– Mas eu já disse tudo – choramingou. – O que mais você quer saber?

– Sobre o vento!

Os olhos do açougueiro arregalaram, e o queixo caiu de espanto. As palavras de Clóvis foram como uma facada na barriga do pobre coitado.

– Eu... Eu... Eu só achei estranho a porta abrir sozinha – respondeu Elias, pálido. – Como você sabia disso?

– Não importa. Conte-nos detalhadamente o que aconteceu.

O magarefe respirou fundo e disse:

– Depois do susto com o carro que desceu a ladeira com faróis e motor desligados, entrei e contei a Judith o ocorrido. Ela não se importou com meu relato e fomos para cama. Meia hora depois, a porta rangeu. Desconfiada de que alguém invadia a casa, Judith se levantou para ver o que estava acontecendo; trancou a porta e voltou comentando que fora apenas o vento, sem se importar com o acontecido.

O detetive impaciente coçou a cabeça e olhou para a cadeira vazia à sua frente, como se alguém estivesse ali sentado.

– Ela já lhe falou de algum sonho?

– Como assim?

– Algum desejo, algum projeto ou alguma coisa que mudaria repentinamente sua vida.

– Teve uma vez, mas...

– O que ela disse?

– Besteira. É... Vontade de ir embora e recomeçar a vida em outro lugar. Só isso.

– Mas ela planejava alguma coisa?

– Alegava que estava cansada dessa vidinha de cidade de interior e que almejava algo maior. Ah! E falava, também, de príncipes encantados.

– Príncipes encantados?! – ri.

– Isso mesmo. Dizia que um dia pegaria suas roupas e se mudaria daqui para morar com algum príncipe encantado.

– E havia alguma seriedade quando dizia?

– Acho que ela só dizia da boca para fora.

– Seu segredo ficará entre nós, Elias, e estamos muito gratos pela sua colaboração – disse ele ao açougueiro.

– Obrigado digo eu. Tem mais alguma coisa que devo fazer?
– Tem, sim.
– E o que é?
– Um quilo de filé, de primeira, para Madalena, esposa do nosso companheiro aqui.
– Por conta da casa! – gracejou Elias.

Clóvis fez um ar de decepção, e não era para menos. Primeiro, porque o relato de Elias não valida sua teoria de que Samuel, o filho de Moisés, terminou o namoro com Judith e partiu para os Estados Unidos porque descobrira que ela tinha um amante secreto. Samuel partiu há dois anos e o namoro de Elias durou os últimos onze meses. Segundo, porque ele gastou seus neurônios com um sujo bilhete de namorico que acreditava estar relacionado com o crime. Por último, porque voltou à estaca zero; e assim, não havia mais nenhuma hipótese formulada.

Visitamos mais alguns possíveis suspeitos até a hora do almoço, de acordo com a vontade do "detetive que veio do hospício".

Na parte da tarde também não mudou muita coisa. Ainda faltavam duas fotos para pesquisar, e era bem provável que não houvesse tempo para interrogar toda aquela gente antes de o sol se pôr.

Clóvis já não tinha mais a cara de piano estampada no rosto. Também, depois de descobrir que o bilhete ensanguentado não era aquilo que pensava, ficou sem ânimo para raciocinar.

O sol se aproximava das montanhas. As nuvens espalhadas céu afora tendiam a um laranja cinzento, e a temperatura ia se moderando. Era o fim do meu expediente. Então deixei o detetive no hotel, fui direto para o bar do João e tomei o primeiro gole de cerveja como se fosse água com açúcar.

Só que uma exaustão física misturada a uma profunda e inexplicável tristeza me persuadiu a ir embora para casa. Se ao menos meus amigos aparecessem para contar piadas, talvez me reanimasse. E o pior é que eu nem estou me lembrando de que minha mãe está no hospital; depois vou lá visitá-la.

Tomei só uma cerveja e fui para casa.

Sábado

— Vaca velha! Vagabunda! A qualquer hora lhe darei um tiro bem no meio da testa!
É horrível acordar com gentinha gritando por perto. E a minha vizinha é mestre em fazer escândalo, a qualquer hora do dia ou da noite. Tenho mais é que xingar para ver se ela toma algum rumo!
E ainda pôs o nome do filho dela de Isaías. Com tanta variedade de nomes neste mundo, ela tinha que escolher justamente o meu?

Tive um pesadelo.
Sonhei que Clóvis era um advogado que queria me persuadir a não entrar na justiça pleiteando indenização pela morte de Gabriel, o meu filho mais novo, que estava num caixão; e o velório era na sala aqui de casa.
Madalena estava aos prantos, e o Clóvis tagarelava na minha cabeça:
– Para que indenização? Vai ter a vida de seu filho de volta?
Empurrei-o com violência e fui em direção ao caixão. Não acreditei que meu filho havia morrido. Tirei o véu que tampava seu rosto e fiquei espantado quando vi que não era Gabriel, mas minha mãe.
– Isaías! – gritou ela, abrindo os olhos.
Soergueu-se do caixão e me encarou severamente. Tentei fugir, mas as minhas pernas ficaram petrificadas.
– Isaías, venha aqui!
Dona Marta travou suas unhas em minha camisa e começou a me sacudir. Seus olhos estavam arregalados e havia uma gosma saindo

de sua boca. Não suportei a pressão e acordei aliviado ao perceber que tudo não passava de um pesadelo. Porém, mesmo acordado, escutei um novo grito:

– Isaías, venha aqui, agora!

Sobressaltei-me. O coração disparou de tal forma que quase tive uma parada. Pulei da cama, abri as cortinas para clarear o quarto e, mesmo assim, escutei novamente meu nome aos gritos.

– Isaías! Se eu for aí, eu te bato!

Na verdade, não era a minha mãe que estava aos gritos, mas a vizinha ordenando ao filho, que tinha o nome igual ao meu, que voltasse para casa. Em frente à minha residência, ela chamava o pequeno Isaías como uma louca, mas o filho nem ligava.

Eu que ainda estava traumatizado pelo susto e com o humor em escalas extremamente negativas, encarei a megera com ódio, e não pude me conter: xinguei até ficar rouco. E ainda disse que, a qualquer hora, daria um tiro bem no meio da testa dela.

Saí azedo do quarto e fui para o banheiro, mas o telefone tocou e, para piorar a situação, não tinha ninguém por perto para atendê-lo, e eu, que já não estava de bem com a vida, tive que fazer mais este sacrifício.

– Alô!

– *Isaías?*

– Ele mesmo.

– *Está atrasado para o trabalho.*

– Quem está falando?!

– *Aqui é o delegado Jonas, imbecil, ou já se esqueceu de minha voz?*

– Mas hoje é sábado e eu...

– *Não me interessa que dia é hoje. Ordens são ordens!... Tu! Tu! Tu! Tu! Tu!*

O ordinário desligou o telefone na minha cara. E eu tenho de aguentar os desaforos! Por que a pressa para descobrir quem matou aquela ordinária? Será que isso vai trazê-la de volta à vida?

Depois de ter ido ao banheiro e tomado o péssimo café que a incompetente da minha mulher fez, fui para a delegacia e encontrei o delegado sentado em sua cadeira de doutor como fosse o todo-poderoso.

– Bom dia, Isaías! – cumprimentou.

– Bom dia, uma ova!

— Tudo bem que hoje é seu dia de folga, mas as ordens são para que esse caso seja resolvido o mais rápido possível. Portanto, é melhor você dar um jeito na vida.

— Ele jamais resolverá alguma coisa neste mundo olhando para os cantos das paredes! E por que você não acompanha a investigação daqui em diante?

— Porque estou indo para a fazenda do prefeito descansar um pouco e não quero ser incomodado. Além do mais, já que você o acompanha desde o princípio, é melhor que não transfira a responsabilidade para outra pessoa, porque pode inibir a ação do detetive.

Sentei numa das cadeiras da sala do delegado, abaixei a cabeça e me segurei para não chorar. E mais triste do que trabalhar sábado e domingo, é saber que o delegado vai para uma fazenda só para ficar olhando a filha do prefeito, que com certeza vai ficar desfilando de fio dental na beira da piscina.

— Descobriram alguma coisa? — perguntou Jonas.

— Até agora nada... Aliás, sabe o Elias, o açougueiro?

— Sei.

— Ele já foi amante de Judith, mas o detetive não o incriminou por nada e ainda prometeu que não diria a ninguém sobre seu romance. Eu não prometi nada, por isso estou lhe contando.

— Alguma pista sobre os assassinos?

— Ah!... Ele cisma com portão velho, com pegadas, com amantes, com convidados da festa do aniversário dela, com príncipes encantados, mas com assassinos... Nada!

— Como é que é? Príncipes encantados?

— É desse jeito! Elias lhe contou que Judith referia-se a príncipes encantados em seus encontros amorosos e o detetive se encheu de teorias.

— Bem que me disseram que ele é meio estranho. Mas tenha paciência, Isaías, vá ver o que ele quer e não dê muito palpite no trabalho dele.

— Isso eu já estou fazendo.

O resto da manhã foi monótono. Eu não conversei com o detetive, nem ele comigo. Fiz uma rota para evitar o vaivém pela cidade; me enojava ver essa gente querendo ver o detetive que apareceu na televisão.

Ao fim, faltava apenas uma foto, que provavelmente iríamos concluir hoje ainda, já que a maioria dos convidados fotografados estava se repetindo.

A parte da tarde foi mais monótona ainda. O detetive não dirigiu uma palavra à minha pessoa, e isso começou a me intrigar. Mas a contagem regressiva da investigação que não ia dar em nada me animava.

Faltavam apenas cinco pessoas para entrevistar. Tobias, João do bar e mais três primos de Judith. O primeiro não precisava ser entrevistado porque Clóvis já o interrogou o suficiente. Ou seja, faltam apenas os primos da defunta, que são uns patetas de carteirinha, e o João do bar.

Fiz uma rota para deixar o João por último, pois assim que se finalizassem as investigações, eu estaria justamente no balcão de vitrine trincada implorando por uma cerveja bem gelada. O detetive que vá embora a pé!

Dito e feito. Acabamos rapidinho a entrevista com os parentes que residiam na rua um pouco abaixo da igreja católica, quase na esquina com o beco da casa de Judith. Clóvis perguntou asneiras que eles responderam com asneiras.

Enfim, só falta João, proprietário do bar no qual tenho conta. Mal podia acreditar que essa investigação estivesse se acabando. E acabando justamente no lugar em que adoro estar nos momentos de descanso.

No caminho para o bar do João, vimos que a praça da igreja estava cheia de moleques. Uns brincando de pique e outros jogando pedra na pomba que fez ninho no buraco da palmeira.

Quando passamos pelo redutor de velocidade, os meninos vaiaram ao escutarem o estridente atrito do fundo do carro contra o redutor.

– Espere! – ordenou o detetive, com um semblante de dúvida. – Quantos veículos nesta cidade não se arrastam quando passam aqui?

– Nenhum.

– Errado. Lembra que Tobias mencionou algo sobre o veículo do padre?

– Ah, sim! Ele estava conversando com Abel, e você precisava guardar o baú de correspondência de Judith na casa dela.

– Sabe se há mais algum carro que não se arrasta quando passa aqui?

– Não. Aonde você quer chegar com isso?

— Elias, o açougueiro disse que uma noite, quando estava a caminho da casa de Judith, não ouviu o ruído do veículo que passava por aqui no momento em que ele estava no beco. É estranho que, numa noite provavelmente silenciosa, não se ouvisse um barulho desses. E disse, também, que o motor estava desligado. Por que o motorista desceria pela praça de forma tão silenciosa?

— Para economizar combustível — respondi. — Sabe o preço da gasolina?

Clóvis balançou a cabeça, negativamente.

— E quanto a esse ruído com o redutor que não foi ouvido?

Pensei um pouco sobre a teoria do detetive. Se Elias não escutou nada naquela noite é porque o veículo que quase o flagrou entrando na casa de Judith não esbarrou no redutor. E Tobias dirige um que tem esse privilégio.

— Mas e daí? — perguntei. — Tobias é o motorista do padre e fica disponível a qualquer hora do dia ou da noite.

— Será que ele trabalha todas as noites? A propósito, onde fica guardado o jipe do padre?

— Na casa do Tobias — expliquei. — Como não há garagem na casa paroquial, o padre deixa que Tobias cuide do carro.

— Você já o viu dirigindo o carro do padre durante a noite?

— Sim.

— Tobias esconde algo que eu ainda não desvendei. Precisamos interrogá-lo.

Não precisamos rodar muito para encontrar o suspeito. Bastou dar a volta numa rua atrás da igreja e vimos o tal jipe estacionado em frente à praça. Deparei com Tobias saindo da casa paroquial e entrando no veículo. Deixei a viatura imediatamente e impedi que ele saísse, enquanto Clóvis ainda estava se aproximando.

— Aonde você pensa que vai?

— Vou buscar o padre Lázaro — respondeu Tobias.

— E por que esta pressa toda?

— Porque ele me ligou e pediu que eu fosse ao seu encontro.

— Pois terá de esperar. Precisamos conversar com você.

— Agora?

— Agora. Saia do carro!

Contrariando minha ordem, Tobias fugiu com o carro do padre em alta velocidade.

Corri para a viatura e parti em perseguição ao suspeito sem o auxílio de Clóvis, que gritou meu nome para que eu o esperasse. Mas o meu instinto policial falou mais alto, e não consegui parar o carro.

Avistei o veículo do suspeito ainda dentro do perímetro urbano, mas o fugitivo optou por pegar a estrada de chão, fora da cidade. A poeira dificultou meu trabalho, mas não perdi o ritmo e o segui com bravura, mesmo tendo pouca visão da estrada.

De repente, a poeira acabou e o veículo do fugitivo desapareceu. Não havia nenhum entroncamento por onde Tobias pudesse ter entrado. Do lado esquerdo da estrada tinha um barranco alto e, do outro, uma cerca de arame farpado rente à ribanceira que impede o gado de invadir a estrada. Estacionei a viatura e fiquei sem saber o que estava acontecendo. Desci do veículo e percebi que a cerca estava destruída: Tobias havia perdido o controle da direção.

Dei alguns passos em direção à cerca e vi o carro do padre ribanceira abaixo, de rodas para o ar.

Tive dificuldade para me aproximar do veículo. Os arbustos eram altos e o mato coçava a minha pele. Tobias estava vivo, porém, inconsciente e todo ensanguentado.

Havia uma multidão na porta do hospital quando a ambulância chegou com um dos culpados do assassinato de Judith. Por isso, deixei à mostra apenas um sorriso convincente para persuadi-los da minha personalidade.

O delegado Jonas também apareceu e testemunhou a entrada de Tobias no pronto-socorro. Clóvis estava à minha espera encostado à coluna existente na entrada do hospital.

– Bem que disseram que você descobre coisas consideradas impossíveis – disse Jonas ao detetive, que permaneceu indiferente ao meu comportamento. Mas eu estava tão certo do fiz que não quis dar muita explicação da minha atitude.

Estaria tudo às mil maravilhas se não fosse a intromissão do doutor Hamilton, o médico da cidade, que chegou tentando inferiorizar a todos. Mal se apresentou e já foi criticando o nosso trabalho.

– E quem disse que ele descobriu alguma coisa? Caso vocês não saibam, Tobias é apenas um alcoólatra, e está prestes a perder a mordomia de ser o motorista do padre.

– Já que você é tão esperto – falei, de modo firme e ponderado –, por que, então, ele fugiu da gente?

– Porque utilizou o veículo contra a vontade do padre e tem sentimento de culpa por isso.

– Como assim?

– Lembra-se do incidente entre Josias e Judith? Você sabia que, quando Josias caiu, quase quebrou a perna de uma senhora?

– Sabia – respondi. – Essa senhora teve de ir para o hospital às pressas por causa das fortes dores no tornozelo. O que uma coisa tem a ver com a outra?

– O fato é que essa senhora é a mãe de Tobias, e que foi ele o responsável por encaminhá-la ao hospital, justamente com o carro do padre, bem no momento em que ele expulsava os crentes da praça.

– Mas então ele fez o certo!

– Sem dúvida – respondeu doutor Hamilton. – Mas vá dizer isso a esse padre.

O delegado começou a ligar os fatos e fez uma cara de reprovação pela perseguição ao pobre coitado.

Entretanto, eu, Isaías, não tenho culpa se o padre não gosta de crentes e negligencia o auxílio a uma senhora que destroncou o pé só porque estava na praça da igreja atazanando alguém que tem aversão a esse tipo de manifestação. Não tenho culpa se o feiticeiro caiu sobre essa pobre senhora. Não tenho culpa se essa senhora é crente. Não tenho culpa se Tobias pegou o carro do padre sem permissão para socorrer a própria mãe, nem se é covarde a ponto de fugir de um interrogatório que não tem nada a ver com seu medo de chegar atrasado ao encontro do padre e perder a regalia de motorista. E agora todo mundo me olha como se eu fosse o culpado de tudo que acontece neste mundo? Vá para os quintos dos infernos!

– Preciso lhe dizer algo, Isaías – disse Hamilton.

– E o que é?! – grasnei gutural.

– Sua mãe está piorando. É melhor levá-la para a capital.

Sem pensar duas vezes, fui ao apartamento de dona Marta.

Fiquei tão ocupado durante a semana que nem me lembrei de minha mãe.

Dona Marta estava realmente pior e foi colocada na ambulância que havia realizado o resgate de Tobias. Foi triste ver a feição do doutor Hamilton fechando os olhos dela e pedindo que desligassem o veículo, pois já não havia mais motivo para levá-la.

— Ela foi para o céu! – disse Clóvis olhando o alto da ambulância, a balançar a cabeça como se confirmasse as palavras de alguém, mas não havia ninguém em cima da ambulância.

Saí dali, desnorteado.

Nunca entrei numa igreja vazia. Isso porque só entro nos horários das missas ou casamentos, lá uma vez ou outra. A porta estava aberta e, por isso, entrei.

Lembrei-me de certo casamento que lotou essa igreja. Meu pai me trouxe e fiquei entusiasmado assim que entrei e vi a quantidade de gente sentada e o corredor central vazio. Um enorme tapete vermelho realçava aquele espaço livre até a chegada ao altar. Soltei-me das mãos de meu pai e corri de braços abertos até o final do tapete. Senti como se estivesse voando, e estava realmente voando. Uma sensação de liberdade a que só criança sabe dar valor. Voltei da mesma forma, ignorando as pessoas que recriminavam meu comportamento. Corri até chegar próximo a meu pai. Minha intenção era repetir aquela sensação de liberdade, a sensação de voar; e me preparei para uma nova aventura, porém, meu pai me pegou pela orelha de forma tão brusca que cheguei a perder o equilíbrio. "Fica quieto, peste!", disse ele, enquanto me sacudia. Naquele momento, perdi minha liberdade e me senti um idiota diante da multidão. O pior de tudo é que não havia ninguém que pudesse me proteger. Nem a chorar eu tinha direito.

É ruim lembrar do passado. Pior ainda é lembrar o presente.

Sentei-me num banco, mais ao meio do salão, e comecei a prestar atenção na imagem de Jesus Cristo acima do altar. Fiquei ali por algum tempo.

Por fim, saí da igreja e me deparei com o detetive, que estava à minha procura.

Só que ele parou na escadaria da igreja e observou, revoltado, a atitude do grupo de meninos em frente a uma das palmeiras da praça. Também fiquei furioso quando percebi que estavam jogando pedras na pobre pomba que fez ninho num buraco no alto da velha palmeira.

— O que vocês estão fazendo, cambada?! – gritei.

Nenhum deles quis explicar o que realmente faziam. Não era a primeira vez que essas pestes tentavam machucar a pobre ave. Alguém deveria dar uma lição para que esses meninos nunca mais mexessem com quem está quieto.

Fui em direção aos vândalos com o objetivo de puxar a orelha de um deles. Minha revolta era tão grande que seria capaz de arrancar a orelha do sorteado. Porém Clóvis interveio:

– Vocês querem matar a pomba?
– Não – respondeu um dos pivetes.
– O que vocês querem, afinal de contas?
– Ali não é a casa dela.
– Como assim?

Os garotos começaram a falar, todos ao mesmo tempo. Era um falatório só que me punha louco. Mas deu para entender que a pomba tinha um ninho atrás da cruz, dentro da igreja, e que, de uma hora para outra, se mudou para o buraco da palmeira. Eles pretendiam apenas afugentá-la para que voltasse ao esconderijo atrás da cruz de Jesus Cristo.

De repente, Clóvis ficou pálido e se sentou num dos bancos da praça. Petrificou o olhar e começou a respirar de modo ofegante.

– Sente-se bem, detetive?
– Estou bem, não se preocupe.
– O que aconteceu?
– Nada.

Então ele saiu desnorteado pelas ruas afora. Fiquei sem entender o que estava acontecendo, só que não o segui porque tinha coisas mais importantes para fazer.

Boa parte dos cidadãos rio-vermelhenses estava na porta da minha casa para o velório de minha mãe.

Madalena estava inconsolável. Meus parentes também estavam. Meu pai cochilou no sofá. Sentei na varanda e me lembrei de meus amigos que até agora não vieram me visitar.

Nunca vi noite tão longa na minha vida. Era nove da noite e parecia ser três da manhã. Meu corpo estava tão dolorido que eu mal parava em pé.

Foi então que meu tio Pedro, que não largava sua bíblia, veio em minha direção.

– Tem alguém no telefone querendo falar com você.
– Quem?
– É o João do bar.
– Agora?
– É. Ele disse que é urgente.

Levantei-me e fui ao telefone.

João do bar estava assustado porque Clóvis estava bebendo refrigerante, mas mantinha uma aparência de que iria explodir a qualquer momento. Eu não tinha nada com o conto, mas João pediu pelo amor de Deus que eu fosse até lá porque parecia que o homem estava em transe. Então entrei no carro e saí sem dar satisfação do meu destino. Estacionei em frente ao bar e vi Clóvis num tamborete, com os cotovelos apoiados na vitrine trincada do desmazelado do João. De fato, ele estava com cara de desolado; como eu nas minhas esporádicas fases de depressão.

Concluí que João deveria estar mais preocupado com seu balcão do que com Clóvis. Era um milagre que uma catástrofe ainda não tivesse acontecido.

– Isaías! O que faz aqui?

– Vou levá-lo para o hotel. Por que você está desse jeito?

– Só estou cansado de lutar e não alcançar meus objetivos. Se eu tivesse chegado aqui semana passada, a investigação seria bem mais fácil, porque eu veria o momento de transição da mente do assassino a tempo.

– Como assim?

– Solucionei o mistério do assassinato de Judith, Isaías, mas por enquanto não posso provar nada.

– Então você já sabe quem são os assassinos? Como você descobriu?

– Foram os anjos que me disseram. Há muitas coisas entre o Céu e a Terra que eu ainda desconheço.

Fiz um instante de silêncio. A vontade de saber quem matou Judith se misturava com a curiosidade sobre como ele lia os pensamentos. E não dava para perguntar as duas coisas ao mesmo tempo, mesmo porque eu deveria voltar para minha casa. Fiz então a pergunta que mais me angustiava.

– Me responde uma coisa detetive: como você sabe o que se passa em minha mente?

– Quer mesmo saber, Isaías?

– Quero. Quero sim, claro.

– Eu ajudava meu pai na criação de gado, numa pequena fazenda no sul de Minas. E num fim de tarde, após mais uma jornada de trabalho, subi ao monte onde fazia minhas orações. Tinha sido um dia duro, porém gratificante.

O pôr do sol era dos mais lindos que já vi em toda a vida. As nuvens se coloriam de laranja, quase avermelhadas. E ao redor do sol, prestes a sumir, reluzia um amarelo radiante.

Fechei os olhos e tive um súbito sentimento de solidão e de derrota. Solidão porque não havia ninguém com quem eu pudesse compartilhar minhas dúvidas e certezas; e derrota porque era impossível apresentar as pessoas à realidade: somos cercados de muitos mecanismos de defesa que nos tornam inatingíveis, que nos fazem invulneráveis a quaisquer mudanças.

Fiquei pensando sobre como fazer para que compreendamos que nada levamos deste mundo senão a própria alma. Alma que ignoramos porque vai contra as solicitações terrenas movidas essencialmente pela ganância. Porém, convencido da inutilidade de minhas pretensões, desisti de pensar sobre o assunto por causa de uma triste questão: a vida é fugaz qual um sopro. Não teria tempo de falar ao mundo inteiro sobre o poder de Deus, se não tenho uma vida duradoura para atingir todos os ouvidos. Seria impossível realizar um sonho assim, tão grandioso; seria muita ambição de minha parte.

E foi nesse momento que as nuvens se transformaram em quatro anjos de mãos dadas, como numa ciranda. Uma voz, da qual não consegui distinguir a direção, questionou meus pensamentos. Concluí que eu estava conversando com um anjo muito poderoso, e ao contemplar as nuvens em forma de crianças com asas, senti um desejo enorme de fazer algo para recompensar aquela divina presença. Então me convidei a servir a seu propósito como um Tradutor dos Anjos, ou seja, uma pessoa com capacidade de ver e ouvir o que os anjos têm a dizer aos humanos e, assim, curar os males de todas as almas.

O Anjo me disse que ser um Tradutor não era uma tarefa tão simples assim, e me deu a alternativa de salvar todas ou apenas uma alma. Cheguei a ser advertido sobre o lado negativo dessa proposta, pois havia anjos bons e maus, mas ignorei o aviso.

Agradeci por acreditar em mim e prometi que não iria decepcioná-lo. Desci do monte me sentindo vitorioso por me transformar em um ser divino, porém, minha vida desde então tornou-se um pesadelo.

Em casa, meus pais estavam à minha espera. Assustei-me quando vi que cada um tinha um anjo da guarda. Anjos que demonstravam descontentamento pela minha demora. Isso era misteriosamente transmitido sem que meus pais percebessem.

Meu pai foi o primeiro a manifestar sua revolta. Seu anjo era vigoroso, 30 anos mais jovem, mas mantinha a mesma semelhança facial e demonstrava uma hostilidade semelhante à do anjo de meu irmão. Assim que entrei, ele induziu meu pai a fazer coisas às quais ele obedecia tão prontamente quanto lhe era ordenado.

Minha mãe olhava-me como se eu fosse um pobre coitado. O anjo que a seguia tinha a forma de uma criança carregando uma boneca enrolada num pano, porém, a boneca estava sem a cabeça; e isso, não sei como, fazia com que minha mãe sentisse pena de mim.

– Por que vocês deixam que esses anjos controlem suas mentes? – perguntei.

– Do que você está falando?! – perguntou meu pai, impaciente.

– Deus me deu a missão de traduzir a linguagem dos anjos, e agora eu posso vê-los, mas eles não estão me auxiliando, muito pelo contrário, estão prejudicando a mim e a vocês!

Os anjos começaram a rir e, instantaneamente, todos obedeceram. Tentei explicar como estavam sendo manipulados, e até antecipei algumas coisas que os anjos lhes induziam a pensar, porém, eles ficaram assustados. Era como adivinhar o que estavam pensando, e a reação foi contra a minha pessoa.

Eles foram dormir. E a única coisa que obtive foi um gosto amargo de derrota por não conseguir conversar com minha própria família.

Fui um fracasso dentro de meu próprio lar, mas tentei uma nova estratégia na escola. Era incrível, mas todos os alunos e professores tinham, perto deles, um anjo cujo visual diferia em alguns aspectos do apresentado pela pessoa a quem eles tutelavam. Os anjos apresentavam o nariz mais bem-feito, outros tinham a boca mais bonita e, em outros, a cor da pele ou mesmo a dos olhos eram diferentes à realidade física. Em geral eram mais altos e, na maioria, os anjos tinham os corpos saudáveis.

Descobri que esses seres semi-invisíveis usavam esse recurso para que as pessoas ficassem descontentes ao se alimentarem, inconscientemente, da beleza e estética transmitidas pelos anjos que induziam estereótipos. Isso gerava sofrimento às pessoas. Baixa autoestima.

Tentei, por vários métodos, afastar os anjos para poder conversar sem ser interrompido, mas era impossível. Eles atravessam grandes portas e paredes, como se nada de material existisse. Minha vontade de denunciá-los se tornou uma obsessão a tal ponto que eu já não conversava normalmente com meus semelhantes. Aos poucos, meus amigos se afastaram. E o que mais me revoltava era que não consegui convencê-los sobre a existência da manipulação angelical sobre suas mentes.

Meses se passaram e não havia conseguido salvar uma alma sequer, até que um dia, o diretor, os professores e minha família se reuniram para decidir meu destino. Ninguém suportava mais minhas estranhas atitudes e se sentiam amedrontados com o que eu dizia. Para eles, eu não estava com a mente em perfeito estado. Minha única salvação seria um tratamento psiquiátrico, num sanatório.

Lutei com todas as forças para provar que loucos eram eles, mas os enfermeiros me amarraram numa camisa de força e me aplicaram sedativos. Quando acordei, já estava internado.

E por incrível que pareça, foi dentro do hospício que descobri o verdadeiro valor da vida. Não tratei da minha loucura, porém, aprendi a lidar com ela. Conheci pessoas incríveis que eram consideradas loucas, e loucos que eram considerados normais. Recebi visitas do meu anjo mau e do meu anjo bom, e aprendi, com muito sacrifício, a distingui-los. E, a partir daí, é que consegui me dar comigo mesmo. Eu estava, enfim, curado.

Porém, ainda tinha de cumprir minha missão: salvar, no mínimo, uma alma. Mas não quero me apresentar a Deus com apenas uma alma salva; quero destruir este Mal! Mesmo que todas as minhas tentativas até o presente momento tenham sido em vão, desejo cumprir a meta – desejo cumprir a promessa que fiz ao misterioso anjo.

Clóvis falou tanto que quase pedi uma cerveja ao João; quase me esqueci de que havia um velório em minha casa. Virei-me para Clóvis e retomei a atenção.

– Com todo respeito, mas esses seres que você vê são anjos mesmos?

– Não, Isaías, são demônios que antes foram anjos. Quando Lúcifer tentou usurpar o trono de Deus e foi expulso do Céu, vários anjos engendraram uma raça de demônios cujo objetivo é levar os homens ao pecado. E assim surgiu esse exército sob o comando do anjo decaído. Por isso, anjos e demônios têm a mesma origem.

– Então você sabe o que penso porque existe um anjo que dita as coisas que eu penso, e você o escuta?

– Exato. Só que você não pensa apenas pelo seu anjo mau, pois dentro de você existe uma essência conhecida como alma, a responsável pelas conclusões. Assim, seu cérebro recebe o comando desses dois seres, ambos com o mesmo tipo de voz; e isso dificulta distinguir quando você está pensando com a alma, ou seja, por si só, ou então está sendo levado a pensar por um mecanismo alternativo que tem objetivos malignos, que são manipular sua mente, fazer uma lavagem cerebral, aliená-lo e criar transtornos de personalidade.

– Não existe uma forma de distinguir um do outro?

– Existe. É a presença do anjo bom. Esse é o anjo do discernimento, da concentração e da busca pela sabedoria. Seu objetivo é fazer com que a alma retome a autoestima e enfraqueça o domínio do anjo mau, mas para isso é necessário que você repense sobre suas atitudes, que você se enxergue; o que é muito difícil e doloroso.

– E o meu anjo bom, detetive, ele tem asas?

– As asas são apenas simbologias, e para ser bem franco, eu nunca vi seu anjo bom. Isso é normal, não se preocupe, a maioria dos anjos bons volta para o céu ainda na infância de seus protegidos. Todavia, seu anjo mau nunca saiu de perto; e este não tem barriga e é bem mais jovem. O que me faz concluir que você tem complexo do seu corpo e de sua idade.

Isso é lógico: toda pessoa com mais de 40 e fora de forma se sente complexada. Não conheço ninguém que aceita o próprio envelhecimento. Esse detetive "Tradutor dos Anjos" está mais para canastrão!

– O seu anjo, Isaías, a 20 centímetros de suas costas, acabou de lhe dizer que *"toda pessoa com mais de 40 e fora de forma se sente complexada. Não conheço ninguém que aceita o próprio envelhecimento. Esse detetive "Tradutor dos Anjos" está mais para canastrão!"*. Falou ou não falou?

Nesse momento eu me levantei e fui para fora do bar. E mesmo com um monte de gente conversando, um som ligado, gargalhadas, eu ainda sentia o bater do coração em meus tímpanos. É difícil acostumar com esse cara adivinhando o pensamento da gente.

Depois de respirar um pouco, voltei e me sentei no tamborete a seu lado.

– Muito interessante sua teoria, Clóvis, mas tenho um velório em casa. Quem sabe, depois...

– Olhe lá, Isaías – prosseguiu ele –, aquele bêbado tem um anjo dizendo "vou beber só mais esta, e prometo a mim mesmo que logo vou embora".

Achei engraçado quando reparei que o maldito alcoólatra estava falando sozinho numa mesa mais ao fundo do bar. Parecia mesmo que estava dominado.

– É impossível afastar esses anjos das pessoas, porque eles fazem parte de suas mentes, e, caso se afastem, o que sobra é apenas a solidão: o vazio de quem não tem fé, imaginação, personalidade e perspectiva de vida; isso acontece porque a alma deixa que o anjo mau se apodere do cérebro. E estou tão habituado, que vejo uma pessoa como se ela tivesse duas origens de pensamento. A alma lutando para crescer e o anjo mau interferindo em sua vida. Ora em atrito, ora em harmonia. E é por isso que eu vejo um, mas observo dois, entendeu?

– Então, para você, eu sou dois?

– Correto. Alma e anjo gerenciando o mesmo cérebro, só que não vejo nem ouço a alma, ela está interiorizada no indivíduo. Por outro lado, sei tudo que o anjo mau projeta em sua mente. Eles são quase invisíveis. Suas moléculas são menores que o próprio átomo e habitam nos espaços intermoleculares da matéria. É a vida na antimatéria, Isaías! Têm a dimensão tão simplificada que são incapazes de serem vistos pela nossa tecnologia. Eles estão no ar, mas a estrutura corporal se esconde no próprio ar. São como crianças no meio da multidão: você vê a multidão, mas não enxerga as crianças.

– É... Bastante interessante – comentei, embaraçado. – Mas há um velório em minha casa e não posso ficar. Eles vão achar que estou desrespeitando a alma de minha mãe.

– A sua mãe foi para o Céu, Isaías, e a única alma desrespeitada neste momento é a sua.

– Tudo bem, tudo bem! Mas você não concorda que eu deveria estar lá em casa neste momento?

– Concordo – ele respondeu com ar de derrotado. Eu, lógico, ignorei.

– Então vamos embora?

João deu graças que seu balcão não quebrou de vez. Levei o detetive para o hotel sem muita dificuldade, e voltei para casa.

A esquizofrenia do pobre coitado retornara gradativamente. Veja se vou permitir que meus pensamentos sejam controlados por anjos? Anjos maus? De forma alguma! Sou cônscio de minha sanidade e não tem cabimento nehum crer que um anjo me controle. É impossível que uma coisa dessa aconteça comigo ou com qualquer outro ser humano.

Assim que tiver oportunidade, ligarei para o delegado Jonas e direi o que está acontecendo. Ele que se vire!

Retornei a meu lar.

Madalena achou um desrespeito eu ter saído do velório para ir a um bar. Se ela estivesse no meu lugar, com certeza não pensaria assim, mas, sendo ignorantona como é, o melhor é nem dar papo. Dei as costas a ela e fui conversar com meus parentes.

Por fim, o cansaço tomou conta de meu corpo e eu sentei numa das cadeiras perto do féretro. Ali pude cochilar um pouco.

Domingo

Amanheceu sem graça, num cinzento uniforme, e é bem possível assim ficar o dia todo. Uma intensa massa de nuvens encobriu o céu de tal forma que era desnecessário ver na televisão as previsões. Os trovões, ao longe, transmitiam melhor a deplorável notícia.

Dos meus amigos, David foi o primeiro a comparecer, acompanhado do delegado Jonas. É até bom ter com quem conversar, porque eu já não aguentava mais aquela lenga-lenga de parente. Depois dos indefectíveis pêsames, fomos para a cozinha.

– A vida é assim mesmo – disse Jonas. – Uma hora, todos nós teremos que acertar contas com Deus.

– Eu já estou preparado – respondi. – Inclusive, ontem mesmo sonhei com a morte de minha mãe. Foi meio esquisito, mas, com certeza, era um aviso mais do que certeiro.

– Você sonhou com a morte de sua mãe? – perguntou David, já tomando o café que uma das minhas primas prontificou-se a fazer.

– Na verdade eu sonhei com a morte de Gabriel, e o sonho se modificou...

Não quis dar muitos detalhes sobre o ocorrido, senão deveria contar sobre o susto que a peste da vizinha me deu.

– E Tobias, melhorou? – perguntei ao delegado.

– Já retomou a consciência. O padre se responsabilizou pela saúde dele. O interessante é que ele nem está interessado em procurar culpados pelos danos de seu carro, ou seja, já perdoou todo mundo.

– Esse padre é mesmo de lua.

– E quanto ao detetive, Isaías, ainda não o vi por aqui.

— Nem vai ver. O pobre coitado emburrou a cara lá no bar do João, e eu tive de sair daqui para levá-lo embora.

— O que aconteceu com ele?

Mal David fez a pergunta, Jonas aguçou os ouvidos esperando uma resposta minha. Só que, pensando bem, eu não estava a fim de contar aquela palhaçada de que ele via anjos. Era tanta fantasia que eu nem sabia por onde começar. O pior é que eles não acreditariam em mim. Ririam com certeza. O mais viável seria mentir.

— Clóvis só estava aborrecido porque ainda não havia encontrado os assassinos.

O dia permaneceu encoberto até a saída do féretro. Uma chuva fina obrigou-nos a acompanhar a marcha fúnebre com guarda-chuvas.

O coveiro foi rápido e uma beata convidou a todos para uma última oração.

Voltamos para casa e me sentei na varanda, a agradecer a presença de alguns que ainda estavam a consolar minha família. Aos poucos, a casa foi se esvaziando.

O dia passou muito lentamente enquanto fiquei de um lado para o outro sem ter o que fazer. Pior foi ver o fim do entardecer sem a presença do sol durante o dia todo.

Sentei-me num banco da varanda e observei a réstia de luz que deixava as coisas sem sombra e sem vida; e valorizando o marasmo de quem já está cansado de viver num mundo sem cor e sem brilho.

E, da varanda, contemplei com tristeza a rua não pavimentada que perdia de vista morro acima em direção ao campo de aviação.

Um vizinho ligou o rádio numa estação que só tinha reza com um monte de gente orando e dizendo "Amém!"; e pôs o volume quase no máximo. Cigarras também começaram a cantar com zumbidos estridentes que impregnavam nos tímpanos. Ainda bem que já estava anoitecendo, logo parariam.

Tentei evitar a melancolia me concentrando na aproximação de um homem que descia o morro do campo de aviação. Lembrava o "detetive que veio do hospício" em sua nobre caminhada. E à medida que ia se aproximando, desvanecia a dúvida de que era ele mesmo o estranho que vinha de um lugar que nada tinha de interessante. Fui para o portão e esperei sua chegada. Clóvis parecia estar bem, a não ser pela cara de frustrado.

— Tudo bem com você, Clóvis?

– Comigo, sim. Desculpe por não vir ao velório. É que fiquei o dia inteiro lá em cima.

– Tudo bem, mas o que você foi fazer por aquelas bandas?

– Meditar...

O que é que passa na cabeça de uma pessoa para ficar um dia inteiro num campo de aviação, perdendo tempo com meditação?

– Meditava sobre a minha vida, Isaías.

Balancei a cabeça, confirmando. Esqueci que ele adivinha pensamentos.

– A propósito – falei. – Sobre os anjos...

– Esqueça, Isaías, eu estava meio cansado da minha rotina.

– E o que você tanto escreve em seu diário? Por acaso, está relacionado com o que você me disse ontem?

Clóvis me fitou com pesar. Era óbvio que havia uma ligação entre as duas coisas.

– Esqueça o que eu disse – insistiu. – Esqueça porque é, apenas, mais um conto interessante que, como outros tantos, ficará na sua memória por pouco tempo, porque você tem coisas mais importantes com que se preocupar.

– Por mim tudo bem. Pergunto só por curiosidade.

– Entendo – sorriu. – Está sozinho em casa?

– Não.

– Posso conversar com seus filhos?

Concordei e abri o portão, porém, tive certo receio sobre o que esse detetive iria falar com eles. Talvez piorasse ainda mais a situação. Mas, por outro lado, tanto faz. Deixei-o entrar e voltei para minha cadeira na varanda, tolerando o zunido de cigarras e o rádio do vizinho.

Passado um tempo, Matheus saiu de cabeça erguida, olhando para a rua como se os ruídos e a melancolia do ambiente não o desagradassem. Chegou até a me cumprimentar para mostrar que estava de bem com a vida.

– Clóvis estava no seu quarto?

– Sim, mas agora está conversando com Maria.

Só que antes de eu questionar sobre o que o detetive estava fazendo no quarto de Maria, ele chegou à varanda.

– Já estou indo embora – disse, já se despedindo de Matheus como se fossem antigos amigos. Depois Clóvis se virou para Maria com um sorriso descontraído e a abraçou ternamente. Estranhei, porque meus filhos nunca tiveram esse carinho comigo.

– Prometo que amanhã mesmo devolverei seu brinquedo – disse ele à minha filha.

– Tudo bem, não se preocupe – disse ela sorrindo.

Matheus e Maria acenaram para Clóvis até perdê-lo de vista. Era incrível a felicidade que eles demonstravam. Nem parecia que perderam a avó tão recentemente.

– Que brinquedo, Maria?
– Um gravador que tio Pedro me deu de presente.
– Para que ele o levou?
– Sei lá!

Madalena apareceu, me interrompendo, e falou como se fosse o homem da casa.

– Vamos à missa hoje. Todos, inclusive você, Isaías.
– Eu? Por quê?
– Porque o padre Lázaro vai fazer uma homenagem a todas as mulheres que ajudaram no desenvolvimento de nossa cidade e fará um discurso sobre as recentes perdas: Judith e dona Marta.

Suspirei de cansaço. Nem compensa guardar o carro na garagem, daqui a pouco terei que sofrer mais esse sacrifício.

A chuva não impediu a população rio-vermelhense de ir à igreja. Nunca vi tanta gente num lugar só. O ambiente ficou tão abafado que preferi ficar próximo à porta para amenizar o suor que descia em minha testa, qual uma nascente; e o vento fresco da chuva ajudava.

Após cantarem alguns hinos, o padre apareceu e fez o tal discurso sobre o acidente de Tobias, mas não culpou ninguém nem estava preocupado com os danos de seu carro. Os mais impressionáveis quase choraram com o rico vocabulário que o padre exibia. Depois falou da recente perda da ex-comerciante Dona Marta, uma presença fundamental para o desenvolvimento comercial da cidade.

E, por fim, lamuriou a perda da catequista mais jovem de Rio Vermelho. Lembrou seu aniversário, que seria hoje, e que, provavelmente, se estivesse entre os vivos faria outra festa na casa de sua irmã, dona Rute.

Aí não teve jeito: foi um monte de gente chorando em coletividade.

Foi então que vi Clóvis saindo antes que a missa acabasse.

Nesse momento é que atinei que estava tão angustiado com a morte da minha mãe que nem me dei conta de que ele já sabia quem eram os assassinos de Judith; e minha curiosidade veio à tona. Não poderia perder essa oportunidade, já que ele passaria perto de mim para sair da igreja.

– Não vai esperar a missa acabar, detetive?

– Digamos que a situação é muito delicada. Eles estão aqui dentro, Isaías, e terei que confrontá-los para que não aconteça uma nova tragédia.

– Não seria melhor avisar o delegado e deixar que ele se vire com isso amanhã cedo?

– Se eu não resolver esse problema até a meia-noite de hoje, amanhã será tarde demais. Esperarei o momento certo para confrontá-los.

– Vou com você!

– Não. Respeite seu período de luto; além do mais, devo cuidar desse caso sozinho.

– Sozinho? Você vai confrontar os assassinos sem apoio policial? Quantos eles são?

– São apenas dois, mas haverá uma multidão semelhante ao número de pessoas que está nesta igreja para presenciar o ritual.

– Como?

– O caso é muito delicado, pois se trata de uma continuidade da morte da catequista. Tenho que ir.

Clóvis saiu sem dar melhores explicações. Seguiu a rua do comércio, cujo único estabelecimento aberto era o bar do João.

– Vamos em paz e que o Senhor nos acompanhe! – disse o padre finalizando a missa.

Como eu já estava na porta de saída, bastou partir de galope e entrar no carro, à espera dos outros.

Passado um tempo, Gabriel abriu a porta e todos entraram de uma só vez.

Tomei um susto quando olhei para frente e vi Abel, filho de Moisés, na porta do carro de seu irmão que foi para os Estados Unidos. Ele me encarou e ficou de cara fechada até conseguir abrir o carro e partir em disparada pelos becos da cidade.

Sem muito pestanejar, liguei o carro e segui meu caminho. O destino seria a minha casa, mas lembrei-me do rumo seguido pelo detetive; e então mudei minha rota.

– Para onde você vai? – perguntou Madalena.

– Vou tirar uma dúvida no bar do João.

– Eu não acredito que você vai...

– Pare de encher a paciência!

Não dei muita atenção para Madalena e estacionei em frente ao boteco, mas não vi o detetive. Concluí que ele poderia estar mais ao fundo e então entrei no bar e me deparei com meus amigos no balcão de vidro trincado; e eles estavam bebendo como de rotina. Só que eu estava mais interessado em saber sobre o paradeiro do homem que veio do hospício.

– Viu o Clóvis por aqui, David?

– Vi, sim, mas não ficou por muito tempo.

– E o que ele queria?

– Veio à procura de João, que foi à missa e deixou o bar na responsabilidade dos garçons.

– João foi à missa? – indaguei estranhando.

– Isso mesmo. Correu um boato de que o padre ia explicar para a comunidade sobre o que aconteceu com Tobias e fazer um belo discurso em homenagem a Judith e Dona Marta, sua mãe. Então, João não quis perder esse evento que seria tão especial para todos e até agora não voltou.

– E Clóvis foi embora sem dizer nada?

– Ele fez uma cara de chateado e disse que depois daria um jeito nisso.

– Nisso o quê?

– Não sei.

Voltei para o carro e fui embora exausto e desnorteado com o comportamento do detetive. Contudo, quero esquecer o que aconteceu hoje, tomar um banho bem quente para relaxar e cair na cama como um nocauteado.

Dito e feito. Fui para o quarto ainda soltando o vapor da água quente e, enfim, me deitei.

Aliás, o comportamento de Clóvis ainda me agonizava. Tudo que contou sobre anjos juntava-se com a facilidade que tinha para descobrir os pensamentos e misturava-se com o fato de que ele havia descoberto os assassinos de Judith.

Onze e quarenta da noite.

Minha família já estava dormindo enquanto que eu continuava em estado de alerta. Meu corpo doía de cansaço, mas meu cérebro estava a mil.

Um zunido, semelhante ao das cigarras de hoje à tarde, disparou em minha mente com tal intensidade que comecei a rolar na cama de um lado para o outro, sem sono. Era um emaranhado de informações que repassavam em minha mente sem que eu as pudesse controlar.

Precisava de um relaxante, porém, e a disposição de sair da cama para procurar remédio?

Se eu fosse Clóvis, pediria a um anjo este favor, mas já que não sou maluco, é melhor dar um jeito na vida.

Anjo!

Aos poucos, o mistério da morte de Judith foi se solucionando em minha mente, como se eu mesmo tivesse criado o roteiro. Por que não pensei nisso antes?

Lembrei-me de que Clóvis dissera que são dois os assassinos de Judith, e que haveria uma multidão semelhante ao número de pessoas que estavam na igreja para presenciar o próximo assassinato. Então associei esses fatos ao ponto de vista do detetive, quando comentou que enxergava um indivíduo, mas o observava como se fosse dois, ou seja, não existem dois assassinos, e sim, um homem e seu anjo.

Um homem e seu anjo!

E quanto a uma multidão semelhante ao número de pessoas que estavam na igreja para presenciar o próximo assassinato, a única solução para essa matemática era que essa multidão seria o número de anjos que acompanhavam os fiéis da igreja naquele instante, e que poderiam se afastar de seus humanos, porque boa parte estaria dormindo neste momento. E o único lugar em Rio Vermelho que caberia todos estes anjos seria na... Meu Deus!

Levantei-me, acendi a luz e corri para o guarda-roupa. A situação que eu vislumbrava era muito grave: Clóvis corria risco de vida.

– O que aconteceu? – estranhou Madalena.

– Preciso agir rápido!

– Algum problema?

– Acorde Gabriel. Preciso dele agora.

– Mas por que você está agindo assim?

Apenas olhei-a com desespero. Uma, porque não tinha como explicar o que estava acontecendo; ela não entenderia. E outra porque o tempo era demasiadamente curto. Eu tinha de tomar uma atitude urgente ou seria tarde demais, pois faltava muito pouco para meia-noite.

– Você pode me explicar o que está acontecendo, Isaías?

– Estou agindo assim por causa do anjo do padre Lázaro.
– Anjo?
– Isso mesmo. O anjo de Lázaro não é do Bem, mas sim, do Mal!

Mesmo na correria ruas abaixo, não deu tempo de chegar antes da meia-noite; na verdade já era meia-noite e quinze quando estacionei na praça da igreja.

Saí da Variant sentindo que minha pressão estava lá nas alturas; Gabriel me acompanhou até empurrarmos a porta da entrada da igreja e perceber que Clóvis estava olhando a cruz do altar – e sozinho.

Suspirei aliviado ao concluir que minhas interpretações sobre uma inevitável tragédia estavam equivocadas.

Então contemplei os bancos vazios e me lembrei de minha infância, do dia em que quis correr livremente pelo corredor e meu pai me pegou pela orelha, sacudindo-me como se eu fosse um bicho qualquer.

Gabriel estava admirado, contemplava o salão, o teto, o altar e o silêncio que brincava com os ecos de seus passos. Percebi, nos olhos dele, que ver os bancos vazios num plano enfileirado e organizado fazia bem a suas vistas, como se aquelas projeções o levassem ao infinito. Era a primeira vez que via aquela igreja assim. Um sorriso cresceu em seu rosto e uma sensação de liberdade o inspirava.

– Você quer correr por aí, Gabriel?
– Posso?
– Lógico que pode.
– Mas você não vai me bater?
– Não – ri. – Eu quero que você realize um antigo sonho meu: corra por este salão, finja ser um anjo e deixe sua imaginação voar por todos os cantos desta igreja.

Gabriel não pensou duas vezes, soltou as minhas mãos e correu despreocupado.

Não precisava olhar para o chão, não havia onde tropeçar. Não precisava se preocupar com o ridículo, nem com o medo de se machucar. Podia correr como se estivesse voando, erguendo os braços e sentindo o vento nos ouvidos.

Em questão de segundos, Gabriel se aproximou de Clóvis e achou estranho ver um líquido vermelho minar no chão do altar, debaixo da mesa.

– Pai! Tem sangue aqui!

Mesmo com o eco captei o que meu filho havia dito. Um sobressalto foi-me inevitável; apertei o passo até alcançar as escadas do altar, verifiquei debaixo da mesa e constatei o sangue escorrendo sobre as tábuas corridas. Vi também a sola dos sapatos de alguém deitado, talvez morto.

Clóvis se aproximou de Gabriel e o acalmou.

– Espere lá fora.

– Mas e o sangue?

– Sangue ou vinho? – ele perguntou sorrindo. – O padre deixa a garrafa de vinho debaixo da mesa e a garrafa deve ter caído, entendeu? Deixe que seu pai resolva este problema e vá jogar pedras na pomba até que ela saia do ninho.

Gabriel saiu sem se preocupar muito.

Esperei que ele saísse da igreja, contornei a mesa do altar e fiquei assombrado ante o corpo estendido com um revólver próximo à mão direita. Os olhos abertos, as pupilas dilatadas e o sangue na boca eram sinais de que a morte já o havia levado. Um trágico tiro na boca lhe fora fatal.

Senti meu estômago embrulhando quando vi a massa encefálica espalhada por todos os cantos. Ficou difícil entender se foi suicídio ou se alguém atirou e deixou a arma ao lado do corpo.

Um turbilhão de dúvidas veio à minha mente: será que foi o detetive que fez isso? E se ele for louco mesmo? O que ele está fazendo do outro lado da mesa olhando para cruz? O que está vendo? Anjos?

Tentei respirar e esperar até que Clóvis tomasse alguma decisão. A única coisa que eu via era um homem que deslocava os olhos de um lado para o outro, ar de expectativa, como se tentasse ajudar alguém. E às vezes ele olhava os bancos da igreja, ali parecia estar repleto de pessoas. Eu nada via.

O turbilhão de dúvidas, o batido forte do pulso cardíaco em meus tímpanos e um calafrio na barriga me arruinavam psicologicamente. E apesar da tremedeira, que quase me impedia de me manter em pé, alguma coisa dentro de mim dizia para confiar no detetive.

E para aliviar minha tensão, tentei fazer uma retrospectiva da última semana. Concluí que era a primeira vez em minha vida que acompanhei alguém que não tenha se zangado com meu comportamento arredio ou tenha feito piadinhas para rir da minha cara; pelo contrário, esse detetive sorria das minhas ranzinzices sem ao menos se importar com que eu falasse ou pensasse sobre ele, e mais, até me deu conselhos sobre como eu deveria conduzir minha vida.

Decidi ficar quieto e esperar, ele merecia este crédito. Esperei por um tempo até que Clóvis acenou para um lugar no alto da mesa do altar, como se estivesse se despedindo de alguém. Por fim voltou a falar comigo, fato que me deixou aliviado.

– Acabou, Isaías. Se eu tivesse vindo dias antes, esta história seria diferente.

Clóvis deu a volta atrás da mesa e olhou decepcionado para o corpo do padre. Um suspiro enigmático me fez entender que o detetive não o veria mais.

Então atravessamos o corredor rumo à saída; uma pomba atravessou o salão e pousou sobre a cruz, acima do braço direito de Jesus Cristo. Ela havia, misteriosamente, voltado para seu ninho. Saímos da igreja observando o comportamento da ave.

– Consegui! Consegui! – gritou Gabriel, subindo as escadas e se encontrando conosco na porta de saída. – Tem que ser à noite; ela tem medo do escuro e por isso voltou lá para dentro!

– Você estava jogando pedra na pomba? – perguntei.

– Sim... Clóvis quem mandou!

Clóvis confirmou com um sorriso e respirou o ar frio da chuva que havia lavado a cidade. Contemplou a florida praça da igreja, e girou os ombros e cabeça com o intuito de relaxar os músculos.

Depois fomos para o hotel para pegar a mochila do detetive e, por fim, deixamos Gabriel em casa.

Madalena veio até o portão para ver se o filho estava bem. Ela nunca viu levar um menino para uma missão policial, nem eu... Mas tudo bem. Gabriel desceu do carro e sua mãe o abraçou ternamente. Ainda bem que o detetive pediu para que fôssemos embora, ao contrário eu ia ouvir poucas e boas de minha esposa.

Fomos para a delegacia. Clóvis fez uma ligação explicando o que ocorreu na igreja e descreveu um monte de alegorias sobre os *iconocratos* ou *iconolates*, sei lá! Terminado o telefonema, ele me pediu que o escondêssemos em algum lugar, deixando claro que o delegado Jonas se responsabilizaria pelo ocorrido dali para frente.

Segui pelo Magalhães, um bairro afastado da cidade, estacionei a uns quinhentos metros após a última casa e abri a porta do carro. Meu cérebro ansiava por oxigenação e minha pressão cardíaca merecia um repouso.

– Estamos seguros aqui, Isaías?

– Sim, estamos. Depois que se fez a nova entrada da cidade, pouca gente usa esta estrada, ainda mais a esta hora da noite. O ônibus ainda passa por aqui; apesar da estrada nova, o itinerário não mudou.

– Então descanse um pouco.

– Acha mesmo que vou descansar depois de tudo que aconteceu?

Clóvis abaixou a cabeça por alguns instantes, como se soubesse o que eu queria com aquela pergunta.

– Você foi muito corajoso lá na igreja, Isaías. E sem contar que descobriu quem matou Judith; definitivamente, você superou minhas expectativas.

– Quê... Foi moleza!

Ele ficou uns três segundos me encarando seriamente, e em seguida caiu na habitual risada que praticamente virou rotina. Mas logo ficou sério de novo.

– Acho que lhe devo explicações, certo?

– Acho que sim.

– Quer que eu conte agora?

– Quero, porém, faça-me um favor: quero saber de tudo, nos mínimos detalhes, inclusive o que você viu e ouviu dentro da igreja.

– Ah! Você quer saber dos anjos? Por quê?

– Ninguém pode ser louco a ponto de ver coisas e, ao mesmo tempo, agir tão profissionalmente como você. Além do mais, tenho certeza de que eu não desvendaria esse caso se não fosse pela inclusão dos anjos nas pistas por você deixadas. Por isso, quero saber de tudo.

O detetive assentiu sem pestanejar. Olhou para a estrada escura e meditou por qual passo começaria seu relato.

– Tem certeza, Isaías?

– Sim.

– Então é o seguinte:

A chuva não cessou após o final da missa. E muitos ficaram esperando a estiagem para irem embora. Fiquei num ponto estratégico, distante da igreja, a observar a saída dos fiéis e seus respectivos anjos. Depois disso, o padre encostou todas as portas e ficou sozinho no interior do recinto religioso.

Nesse momento eu entrei na igreja, o padre orava no altar. Vi também um ser quase invisível que parecia Lázaro em sua adolescência, em pé, sobre a mesa do altar. Era o mesmo anjo que dissera "*Eu te amo*" na casa paroquial. Eu havia interpretado mal o comportamento daquele anjo quando da primeira vez que o vi, achei que ele induzia algo sobre circunstâncias religiosas... Mas me enganei.

De braços cruzados, o anjo caracterizava uma feição de desagrado e induzia desconforto pela minha presença à mente do padre.

Lázaro sorriu à minha chegada, mas pelo semblante do anjo eu sabia que aquilo era puro fingimento. Também sabia que seria difícil explicar ao padre sobre as persuasões do próprio pensamento, aliás, persuasões de um anjo que o seguiu desde seus primeiros minutos de vida, atormentando e manipulando enquanto não adquirisse experiência de vida.

Esse anjo o acompanhou desde a infância até que a oportunidade de seguir a carreira sacerdotal surgiu. Uma profissão prestigiada para quem não suportava a insignificância de ser apenas mais um na multidão. Teve de estudar muito e precisou subjugar a concupiscência para admitir o celibato. Alcançou as metas propostas, porém, descobriu que não era isso o que queria. Com o passar do tempo, sentiu os espinhos do sacerdócio.

De repente, surgiu uma jovem catequista em sua vida, e ele não conseguiu renunciar aos prazeres da carne. Por fim, se dispôs a assumir esse amor, a dar a volta por cima e recomeçar sua vida, a qualquer preço. Decidiu deixar a igreja e se casar com a catequista.

No entanto quis o destino, no auge da cega paixão, gerar desconfianças. E logo que descobriu a traição, sua autoestima despencou. Esse fato, somado aos tormentos induzidos por seu anjo, tornou-o ainda mais enfraquecido. Após a morte de Judith, o anjo mau manipulou livremente o ego do padre, fazendo com que o sentimento de culpa cercasse sua concentração, não deixando pensar em outra coisa a não ser aquilo que ele enviasse a seu pensamento.

Assim, seu anjo lhe propôs construir uma nova vida a fim de sufocar a dor que lhe atormentava o peito. E já que não havia como corrigir os erros do passado, a enfraquecida alma se agarrou sem hesitar a qualquer solução. Porém, o projeto era audacioso e deveria ser apresentado de forma cautelosa.

A princípio, Lázaro sentia calafrios, mas era persuadido a habitar no amparo de Altíssimo e viver à sombra do Onipotente, que seria seu refúgio e fortaleza, livrando-o do laço do caçador e da peste destruidora. O objetivo desse projeto era o conforto da alma, como um ponto final. Além disso, havia uma probabilidade de reencontrar e perdoar a amada amante para todo o sempre.

O projeto foi, então, aprovado.

O mundo já não parecia tão hostil, pois havia uma esperança a se apegar. O inconsciente pacto angelical aliviava as dores e pesos da consciência. O projeto tomou forma bloco a bloco. Um novo alento invadiu a alma de alicerces abalados, e a morte se transformou numa espécie de religião.

Suicídio.

O "morrer para vencer" resumia a filosofia de seu anjo.

A consciência se tornou mais leve. E o padre enxergou somente a presença e o caminho de Deus.

Precisei agir com prudência, e Lázaro, impaciente, apontou uma arma para mim.

Ele confessou o crime na condição de que eu me retirasse imediatamente após o relato; e aproveitei esse momento para expor o lado negativo da filosofia induzida pelo anjo e desmascarei a maléfica criatura. Lázaro ficou confuso com o veneno que carregava. Contudo seu anjo, que ainda mantinha o domínio da situação, relembrava-o de seus compromissos, deixando-o ansioso ante a escassez de tempo e a necessidade de se reencontrar com a amada.

E no momento que faltava pouco para meia-noite, o anjo, sobre a mesa, ergueu os braços e gritou para evocar a iminência de sua vitória.

– Está chegando a hora!

Olhei para trás e observei a chegada de inúmeros anjos que transpassavam portas e paredes à procura de um lugar para admirar o espetáculo.

Havia anjos em forma de homens atléticos, mulheres de curvas salientes, jovens de rostos perfeitos. Havia joias, maquiagem, relógios e roupas caríssimas. Tudo isso induzia os desejos de consumo de seus discípulos, que estavam dormindo naquele momento.

O objetivo era contemplar o desfecho da vida do padre e festejar minha derrota no inútil esforço em convencê-lo a não cometer o suicídio.

Pedi que ele imaginasse um jovem de más intenções, o enxergasse sobre a mesa e jogasse toda a responsabilidade de tudo de ruim ocorrido em sua vida naquela projeção. Lázaro, ainda em dúvida, aceitou a proposta. Ora apontava o revólver para o jovem imaginário, ora para mim. Lágrimas surgiram.

A essa altura, ele se conscientizou da enfermidade que o acompanhava. Abriram-se dois caminhos: sacrifício ou ressurreição. O padre tornou-se dono do próprio destino, e mais, tinha o poder de mudar por completo o rumo de sua vida.

Alguém deveria morrer – não havia meio-termo. Eu não me acovardei, e o anjo também não.

Lázaro, então, gritou o nome de Deus... E optou pelo orgulho.

O som de um tiro ecoou pelo salão, porém, aplausos e gargalhadas dos anjos do salão vieram logo a seguir, comemorando minha derrota.

Somente o anjo sobre a mesa é que não vibrou pela atitude de seu discípulo, porque ainda existia mais um obstáculo pela frente: a presença do anjo bom, que em breve surgiria. Por isso, permaneceu indiferente aos acontecimentos.

Passado um tempo, a alma se desprendeu do corpo e se levantou aturdida por assistir a um mundo novo. Alegrou-se por perceber que suas mãos estavam semitransparentes, mas se entristeceu ao ver seu próprio cadáver liberando sangue que, por sua vez, aos poucos ia dominando o chão do altar. Depois, olhou aturdido para o salão da igreja que estava repleto de seres transparentes. E mais aturdido ficou quando olhou para mim e percebeu que eu também podia vê-lo.

Constatou, também, que o adolescente imaginário inventado por mim estava de fato sobre a mesa, e se revoltou com sua existência. Mas logo revigorou seu humor, pois, em seu pensamento, faltava pouco para se encontrar com Deus e sua amada Judith. Então ele foi para o lado da frente do altar e contemplou sua igreja cheia de anjos.

De repente, um raio vindo do teto iluminou o lado oposto da mesa do altar, e, numa explosão de cor, fez surgir uma criança de bochechas volumosas, cabelos encaracolados, de sorriso saudável e gracioso.

A pequena criatura, com um simples gesto, me parabenizou por ter tentado impedir a catástrofe.

O padre olhou para os dois lados da mesa e achou um absurdo assistir aos dois seres que não tinham nada a ver com sua pessoa: um adolescente ranzinza e uma criança de contagiante alegria.

– Quero me encontrar com Deus! – ordenou ele, soberbo e impaciente.

O anjo menor acenou para que Lázaro se acalmasse.

– Então diz, Lázaro – perguntou o anjo criança –, que fizeste para justificar tua entrada no Céu?

– Fui padre! – respondeu.

– Muito bem! Sempre houve profissões neste mundo, tê-las ou não tê-las não significa estar no caminho certo ou errado.

– Mas me refiro à importância de minha função.

– Qual é a função que não tem importância? Isso não seria tua obrigação?

Lázaro ficou sem respostas, como se faltassem palavras para exprimir seus pensamentos. Endureceu as sobrancelhas e viu seu reflexo no outro anjo, como que o imitando.

– Será que fui tão mal assim? – perguntou ao anjo.

– A resposta sempre esteve com você, Lázaro, encare os fatos e estará livre para voar.

Então ele começou a fazer um discurso em sua defesa para demonstrar como compreendia o valor da bondade e o que aprendeu com os ensinamentos bíblicos. Falou de Deus como verdadeiro sábio e até condenou várias iniquidades cometidas por outros. "Eles não sabem o que fazem!", disse, "e eu fiz de tudo para ajudá-los!" O anjo do Céu confirmava calmamente, balançando a cabeça, como se nada daquilo fosse novidade.

– Você fala muito bem, Lázaro, mas ainda não respondeu à minha pergunta.

– O que você quer que eu responda? Já falei de Deus e de tudo que acho correto. De que mais devo falar?

– Fale de você. Estou pedindo demais?

Nesse instante a porta principal da igreja começou a abrir. Os anjos do salão viraram para trás e ficaram aborrecidos com a presença inesperada de dois indivíduos num momento muito inoportuno: você e seu filho.

E quando Gabriel correu pelo corredor, a sensação de liberdade exibida por ele deixou os anjos tão irritados que imediatamente vaiaram; e boa parte cruzou os braços, balançando a cabeça em negação.

E eram diversos os trejeitos com que os anjos manifestavam sua desaprovação: muxoxos, bocas tortas, olhos semicerrados, narizes elevados, sobrancelhas erguidas, enfim, todo semblante de antipatia estava presente para repudiar a atitude do indisciplinado que "voava" pelo salão da igreja.

E nesse instante o pequeno anjo voltou-se para Lázaro:

– Compreende agora? Estes seres são os responsáveis pelos transtornos de personalidade dos seres humanos. O complexo de inferioridade, perfeccionismo, procrastinação, narcisismo, egocentrismo, inveja, ganância, entre outros tipos de problemas psicológicos, são gerenciados por eles. Inclusive o suicídio! Compreende o quanto este mal o contaminou?

Lázaro, mesmo estarrecido, fingiu indiferença.

Gabriel logo se aproximou de mim, e quando ele viu o sangue minar no chão do altar, não hesitou em chamá-lo. E você veio, verificou debaixo da mesa, constatou o sangue escorrendo sobre as tábuas corridas, e viu também a sola dos sapatos de alguém que estava deitado.

Pedi que Gabriel jogasse pedra no ninho da pomba, e ele saiu sem muito se preocupar; e nesse momento os anjos voltaram a fazer silêncio.

Quando você contornou a mesa do altar e ficou assombrado ante o corpo estendido, vi seu anjo se aproveitando do momento para incutir dúvidas sobre a possibilidade de eu ser o autor do crime e ter colocado a arma na mão do padre, entre outras várias hipóteses que desconcentravam sua mente.

Percebi, também, que você relutou contra seu anjo, e por isso voltei a prestar atenção no destino da alma do padre.

– E nossa resposta, Lázaro, qual será? – perguntou, pacientemente, a criatura que veio do Céu. O padre respondeu que não era obrigado a esclarecer coisa alguma, principalmente para um ser tão minúsculo. Disse que era íntegro no caminho de Deus e sempre andara conforme Sua vontade. Preferia esperar o socorro daquele que fez o Céu a Terra, e torcer para que suas transgressões e pecados fossem perdoados.

– Entendo perfeitamente a magia de tuas palavras – disse o anjo, com voz doce. – Mas esqueces que somos fragmentos desta Onipotência e que uma parte não pode rejeitar a outra. Quando isso acontece, uma das partes deve ser excluída. Imploro que fales comigo. Imploro que me aceites como amigo. Já sabemos quem é Deus, já sabemos de seu Poder, todos sabem, mas a purificação é essencial para que possamos nos aproximar.

– Estou no Amparo do Altíssimo, e tudo posso naquele que me fortalece; porque o Senhor é o meu pastor, e nada me faltará. Já que Deus é amor, já que Deus perdoa, para que ficar remoendo coisas ruins?
– Preferes ser soberbo a ser humilde?
– Prefiro a presença de Deus.
– Mesmo sabendo que Deus repudia a soberba?
– Serei humilde perante Ele!
– E se eu te disser que eu sou Deus?
Lázaro o observou dos pés à cabeça e ficou boquiaberto.
– Mas Deus não tem esta forma.
– E tu sabes de que forma Deus se revela?
O anjo percebeu que Lázaro era irredutível e abaixou a cabeça, com ar de derrotado.
– Direi a Deus sobre tudo que aconteceu aqui. E vou lhe adiantar: Ele não vai ficar feliz com o que mencionarei.
– Então você não é Deus!
– Lembras que Deus está em todos os lugares, inclusive dentro de você. Somos parte de um Todo, como fragmentos de uma Onipotência, mas quando uma dessas partes rejeita o Todo, essa parte deve ser excluída.

Nesse momento, o anjo que mantinha a aparência de adolescente mal-humorado foi se deformando monstruosamente. As unhas se transformaram em garras afiadas. Os músculos incharam, criando uma pele plasmada em cor de fogo. Os olhos ficaram arregalados e vermelhos, a mandíbula ficou tenebrosamente saliente, deixando à mostra dentes muito afiados. Um rosnado carregado e sombrio revelou sua vitória contra o anjo bom.

– O que está acontecendo? – perguntou Lázaro, assombrado.

O anjo, sem dar explicação alguma, avançou sobre a alma e a dominou sem muita dificuldade, retornando para o altar e mostrando aos outros seu troféu, que se sacudia como animal tentando escapar enquanto tinha forças. E depois de festejar, a fera se preparou para o salto que os levaria para a nova e bizarra dimensão.

Eu, sem muito que fazer, olhei para trás e percebi que o comportamento do anjo mau fluía pelo interior da igreja, fazendo exaltar as emoções dos anjos presentes. E aos poucos, presenciei que estes também estavam se transformando em monstros, como fez o do altar. Os bons modos de repente desapareceram, dando lugar a um ambiente de seres horripilantes, de corpos deformados. O silêncio deu lugar a berros assustadores. A paz deu lugar ao pavor e à agressividade. Daí, parte deles começou a saltar e se agarrar nos pilares de sustentação, enquanto outros se penduraram nos ventiladores de teto; e houve os que preferiram provocar brigas ao invés de aplaudir o desfecho do destino do padre. Havia cenas de sexo entre as criaturas horrendas, e também aqueles que preferiam ficar debaixo dos bancos, exibindo faces deformadas em feições de pânico ao assistir a todo aquele alvoroço. Alguns choraram pedindo socorro, enquanto outros pulavam de um lado para outro, como hiperativos.

Notei que o anjo bom preferiu ficar mais um pouco, normalmente eles não assistem ao desfecho. Por fim ele ergueu a mão, fazendo com que o outro, prestes a levar a alma para o inferno, esperasse só mais um pouco.

– Quer uma segunda chance, Lázaro? – perguntou o anjo bom, observando o desespero do padre.

– Quero! Eu imploro! O que devo fazer para não ser levado?

O anjo bom, calmamente, lhe propôs que deveria nascer de novo, em outro lugar, em uma nova vida. Seu passado seria completamente esquecido e ele seria novamente avaliado em uma nova encarnação.

Lázaro aceitou de imediato.

O demônio hesitou por alguns instantes, mas soltou a alma sobre a mesa e a encarou severamente. Um som desagradável de um rugido foi emitido para que aquela alma entendesse que eles se encontrariam novamente. E um salto para o meio do salão, transpassando o chão do corredor central da igreja, fez com que a assombrosa criatura desaparecesse por completo.

Lázaro, aliviado por não estar nas garras da profana criatura, agradeceu meu apoio e me pediu perdão por não ter ouvido meus conselhos.

Então acenei para o anjo e a alma de Lázaro, que se desfragmentaram lentamente.

Fiquei muito feliz com a iniciativa do anjo bom de Lázaro, e como já não tinha mais nada para assistir, voltei minha atenção para você.

E o que aconteceu depois, você já sabe: pegamos minha mochila no hotel, deixamos Gabriel em casa, passamos na delegacia para dar os telefonemas necessários, e agora estamos aqui.

Entendeu, Isaías?

– Mais ou menos. A única coisa que posso dizer com certeza é que se eu enxergasse esses anjos como você, já teria cometido suicídio.

– É mais ou menos por aí. Eu, no princípio, quase preferi a morte a ter de passar pelo que estava passando.

– E como você consegue dormir, detetive?

– Fecho os olhos e durmo. Com o passar do tempo me habituei com eles. E falando em dormir, acho que deveríamos descansar um pouco. O que você acha?

Concordei com ele.

Custei pegar no sono. Era informação demais para assimilar. Mesmo assim, cochilei um pouco.

Segunda-Feira

É, existem coisas neste mundo que só acontecem comigo! Sei o quanto minha coluna está doendo por ter dormido dentro da Variant, fora da cidade, na estrada de chão que o prefeito não reforma, e esperando o ônibus, que nunca sai na hora certa. E sem contar meu arrependimento de ter saído ontem à noite para ajudar o detetive, e me deparar com o corpo do padre que se suicidou de uma hora para outra. Mas tudo bem; poderia ser pior.

    Clóvis acordou e saiu do carro para se esticar. Com certeza a coluna dele também estava doendo. Eu também não quis ficar sentado no acento desconfortável da Variant, e aproveitei para aprumar o corpo. Ele aproveitou o ensejo e agradeceu minha presença na igreja, dizendo que a ideia foi genial, mas reprovou o fato de eu ter levado o Gabriel para realizar um sonho que era meu. "Sonho seu tem que ser realizado por você!", disse ele. Só que não achei que ia combinar muito bem um marmanjo barrigudo, de 45 anos, ficar correndo pelo corredor da igreja. Essa cena seria ridícula.

    O sol ainda estava tímido; a neblina encobria o brejo e o vento soprava frio, mas o ar gelado não me incomodava. Respirei, estiquei os braços e contemplei os pássaros que cantarolavam pelas árvores ao nosso redor.

    Então ele retirou a mochila da Variant e ficou esperando o ônibus. Estava decidido a ir embora, nem se importava com o inferno em que deixava a cidade.

    – Por que essa necessidade de partir justamente hoje?
    – Porque falei que ia embora nesta segunda-feira, lembra-se?

– Você tem que dar mil explicações pela morte de Lázaro. Há repórteres de todo canto à sua procura e é bem provável que o exército também esteja por aí!

– Não exagere! – sorriu.

O barulho do ônibus ressoou pelas montanhas. Eu não me sentia bem em saber que o detetive ia embora deixando a cidade às traças. Ele é um profissional e não poderia largar o caso no momento em que as pessoas, mais do que nunca, precisariam de sua ajuda.

De repente, senti uma vontade de parar de ficar pensando em muitas coisas ao mesmo tempo, e isso fez surgir uma dor em meu peito, como se a alma estivesse em náuseas, solidão. Clóvis ficou sobressaltado, olhando ao meu redor.

– Enfim, sós! – disse ele. – É uma sensação ruim, mas de vez em quando acontece.

Percebi que ele ficou surpreso ao olhar acima do teto da Variant; um sorriso resplandeceu em sua face, pois seus olhos deviam contemplar algo bastante bom de se ver. Virei para entender o que ele tanto olhava, mas vi apenas o carro.

Antes que o ônibus chegasse, perguntei sobre o que ele tinha visto quando minha mãe havia morrido, na parte de cima da ambulância.

Clóvis disse que viu Dona Marta e entendeu o valor da vida ao perceber o tanto que ela desvalorizou o próprio corpo por causa do vício. Poderia ela ter vivido mais e sofrido menos. E antes de partir, ela pediu para Clóvis que abrisse minha mente, para que eu não seguisse o mesmo caminho que ela seguiu.

– Sua mãe foi perdoada – explicou o detetive. – Naquele último instante, ela admitiu todos os erros e redimiu-se de seus pecados a tempo. O curioso é que em momento algum ela se referiu a você pelo seu nome, e sim, por Zinho.

– Zinho?

Minha memória voltou no tempo, uns 40 anos, quando eu era uma criança e briguei com ela para que nunca mais me chamasse por esse apelido. Dona Marta realmente parou de me chamar assim, mas era inacreditável nunca ter esquecido.

Uma vontade de chorar ficou travada na traqueia, enquanto minhas lembranças de infância reviviam uns poucos momentos de alegria que tive em companhia de minha mãe. Eu queria saber mais detalhes sobre o que ela havia falado com o detetive, mas o ônibus se aproximava.

– Fique, Clóvis, há um monte de coisas que você tem de fazer na cidade. Não adianta fugir assim. Eles irão à sua procura até o encontrarem...

– Tenho que priorizar o caso do iconoclasta, Isaías, se eu ficar, não resolverei esse problema conforme planejo.

Por fim, o ônibus apareceu na curva e o detetive acenou. Então ele tirou um gravador que estava na blusa e ejetou uma fita do compartimento.

– Peguei esse gravador com sua filha; diga-lhe que foi muito útil e dê-lhe um abraço por mim. A fita é para o delegado Jonas, que já deve estar louco à sua procura.

– Você gravou as últimas palavras do padre Lázaro?

– Sim. Ele revelou tudo, praticamente. Mas mudando de assunto, tentei conversar com o João do bar. Fui lá ontem, depois que saí da igreja, mas os garçons me disseram que ele tinha ido à missa e não souberam informar quando voltaria.

– E o que você queria com o João?

– Diga-lhe que não é para depender da boa vontade de Abel em pagar pela vitrine trincada.

– Foi Abel quem quebrou?

– Ele mesmo. Devia estar bêbado e bateu alguma coisa naquele vidro com tanta força que o resultado não poderia ter sido outro. Teve sorte de não quebrar a vitrine por completo. João está esperando que ele retorne ao bar e pague pelo conserto, mas pelo que percebi, Abel não entrará naquele bar de novo.

– Então isso explica o fato de os dois se encararem na quarta-feira.

O ônibus parou espalhando uma densa fumaça do cano de descarga que chegou a nos envolver. Clóvis me abraçou, se despedindo, e levantou o polegar para o teto do meu carro, com certeza havia um anjinho por ali. Depois entrou no ônibus e se sentou na primeira fila.

– Discordo! – gritei em razão do barulho do motor.

– Discorda de quê? – indagou da janela.

– Sobre o que você falou de minha mãe. Não foi a remissão dos pecados que a fez ir para o Céu, e sim, o amor. Detalhes são importantes, Clóvis, e dona Marta, mesmo errando muito, também tinha amor em seu coração. E foi por esse amor que ela se redimiu.

O detetive engoliu seco. Pareceu estar envergonhado de, apesar de sábio, não entender o que eu estava falando. Apenas acenou e partiu.

Pobre Clóvis.

Apesar de ser um Tradutor dos Anjos, jamais conseguirá alguma coisa se não souber profetizar. A profecia atinge a compreensão do homem, enquanto a inefável linguagem dos anjos foge-lhe ao entendimento. Jamais será útil se suas palavras não contiverem alguma revelação, ciência, ensinamento ou profecia. Se seu pensamento não se exprimir em palavras inteligíveis, quem poderá compreender?

Agora sei que ele tem medo de se olhar no espelho e descobrir que seu conhecimento é limitado; que é apenas parte de um todo; disso resulta um relacionamento superficial, afastado dos demais, como braço que se separa do corpo, julgando-se superior ao resto, inibindo seu amor ao próximo e sua importância para o todo. Pode até ser que sua fé seja mais forte que qualquer espada, e sua esperança seja mais duradoura que as rochas. Mas enquanto não descobrir que entre a fé, a esperança e o amor, o amor é o mais importante, sua luta será em vão.

O amor é movido por alguma razão, e não há ser humano que possa descrever seus mistérios. O amor é benigno, é paciente, não se alegra com a injustiça, mas se regozija com a verdade. Portanto, não é por traduzir o inefável que uma pessoa está habilitada a ajudar alguém ou o mundo inteiro. E ainda que ele falasse a língua dos homens, e falasse a língua dos anjos, sem amor, será como a fumaça de cano de descarga deste ônibus que polui as estradas à medida que vai embora – dissolverá no ar – ou seja, nada será.

Acho que já vi isso escrito em algum lugar.

Ao me deslocar daquela estrada abandonada, quase bati de frente com um carro preto que vinha da cidade. A velocidade do veículo era incompatível com o terreno. Nunca vi gente tão apressada; a afobação era tanta que corria o risco de colidir com a traseira do ônibus.

Depois do susto, voltei para a praça da igreja.

Tinha tanta gente no meio da rua que fui obrigado a esperar a boa vontade do povo que não saía da frente da minha Variant. O local estava infestado de curiosos, policiais e repórteres.

O delegado Jonas viu minha chegada e correu em minha direção, pendurando-se na janela do meu carro e querendo saber o que havia acontecido.

– Bom dia, delegado!

– Bom dia uma pinoia! Cadê o detetive?

– Ah!... O Clóvis? – cantarolei cinicamente. – Embarcou no ônibus e foi-se embora.

– O pessoal da divisão em que ele trabalha está por aí à procura dele, e não está nada satisfeito.

Fiquei com vontade de dizer "e eu com isso?", mas percebi que os repórteres e curiosos deram passagem para dois personagens de alta classe se aproximarem: uma mulher de cabelos loiros, que aparentava ter uns 40 anos, acompanhada de um brutamonte de cara fechada, que me encarava severamente.

– Você deve ser o tal Isaías – disse a mulher.

– Acertou.

– Então foi você que acompanhou o detetive Clóvis neste caso, certo?

– Justamente. E fizemos um trabalho e tanto!

– Uma tragédia, isso sim! – trovejou. – Onde o detetive Clóvis está?

– Ele entrou no ônibus e foi embora.

– Você está mentindo – disse ela. – Saia do carro e siga-nos!

O brutamonte abriu a porta do meu carro e fez com que eu o acompanhasse com um simples olhar. Não tive escolha a não ser segui-los para dentro da igreja, onde ninguém podia entrar sem ser autorizado. Percebi que o corpo de Lázaro ainda estava no lugar porque havia algumas pessoas atrás da grande mesa discutindo e olhando para o chão. David, o carcereiro, permanecia do lado de dentro controlando o entra e sai dos peritos.

E quando ficamos longe dos ouvidos alheios e dos repórteres, a mulher mal-humorada me encarou novamente.

– Sou Noêmia, inspetora desta investigação. Este é o inspetor César. Serei curta e direta: diga onde está Clóvis e eu prometo que você ficará quietinho aqui neste fim de mundo, sem ninguém o atormentando.

– Bom, como eu disse antes, ele partiu para a capital.

– É mentira!

– Olhe, inspetora, tivemos uma semana muito dura, acredite. E passei praticamente a noite toda acordado por causa deste suicídio.

– E por que você não está repousando?

– Porque tenho que entregar uma fita para o delegado.

– Entregar o quê?

Tirei a fita do bolso e mostrei para ela. O olhar de nojo demonstrou que Noêmia me via com se eu fosse um homem das cavernas, de tão arcaico.

– Acredite, inspetora, Clóvis foi embora porque tem uma batalha contra um tal ico... icono... icono...

– Iconoclasta, analfabeto! – irritou-se Noêmia. – E não existe batalha nenhuma entre os dois. Quase morri por causa da confusão que ele aprontou, e você vem me falar de batalha? Com certeza você está mentindo!

O inspetor César observou a curiosidade de David, que estava na porta, com os ouvidos aguçados em nossa conversa. Então ele o chamou para saber quais eram os ônibus que partiam de Rio Vermelho, e David respondeu que eram dois; um para Belo Horizonte e outro para a cidade do Serro. Então Noêmia me perguntou em que ônibus Clóvis entrou. Respondi que foi o de Belo Horizonte.

A loira falsa e o tal do César se entreolharam maldosamente e concluíram que partiriam para o Serro, mesmo eu insistindo que não era para lá que ele tinha ido. E os dois partiram sem muito explicar.

Saí da igreja e vi o aglomerado de gente na praça que não sabia direito o que acontecia. A polícia cercava a igreja, impedindo a entrada de curiosos. Do meio do povão, pessoas que me conheciam gritavam: "Isaías, o padre está passando bem?", enquanto outras apenas acenavam pedindo que me aproximasse. Com certeza queriam saber a mesma coisa. As beatas acenderam velas e as colocaram nos cantos da igreja. Outras ajoelharam e rezavam.

Um helicóptero passou rente às palmeiras e sumiu por detrás das torres da igreja. Nunca vi um troço desse tão de perto; o barulho era igual ao dos filmes.

O pior é que eu tinha de entregar a fita do detetive para o delegado e aguentar o interrogatório sem fim de todo o departamento policial. Percebi que Jonas vinha em minha direção. Então tive duas ideias.

Desci a escadaria, passei no meio do povão sem dar explicação aos curiosos que tentavam me parar e entrei na Variant. Então arranquei, entrei no beco em que Judith morara e virei para direita, que não era o caminho que dava para minha casa. Acelerei para valer até dobrar à direita novamente, entrando numa travessa que me deixaria na rua que vai para praça da igreja. Só que entrei numa outra travessa, segui em direção ao hotel. Passei num beco na lateral de uma quadra poliesportiva e saí numa rua que faz esquina com o bar do João. Mesmo alguém da cidade não conseguiria me perseguir numa manobra como esta.

Olhei para trás e não vi ninguém me perseguindo. Fiquei mais tranquilo; a primeira ideia deu certo.

A segunda ideia era uma inspiração momentânea e deveria colocá-la em prática urgentemente, porque se a deixasse para depois, não teria mais coragem.

O fato de nunca mais ter a presença de minha mãe fez valorizar a ausência de alguém que há muito tempo estava isolado num lugar que fica em contagem regressiva para o próprio fim. E talvez Clóvis estivesse certo quando me disse que o sentido da vida era a morte, porque é justamente agora, na perda, que eu estou sentindo vontade de dar valor às coisas que ainda existem.

Estacionei em frente ao asilo e respirei profundamente. Ao entrar, avistei um homem que aguava um tomateiro, mesmo tendo chovido na noite anterior.

– Bom dia, pai!

Ele fingiu não me escutar e continuou aguando.

– Olhe, pai, Matheus, seu neto, trabalha como garçom, mas acho que ele pode ser muito mais do que isso. Tenho a intenção de reabrir o armazém que foi do senhor e transformá-lo num supermercado, e deixar Matheus pôr em prática seu conhecimento.

– Isso não vai dar certo – falou, sem ao menos pensar. – E você não tem dinheiro para reabrir o armazém.

– Tenho, sim. Posso vender minha casa e meu carro, então terei dinheiro para montar qualquer empreendimento.

– E onde você vai morar?

– No andar de cima do supermercado, ou seja, na sua casa.

– Vai ficar sem carro?

– Ando a pé. Rio Vermelho não é tão grande assim.

Seu Jacinto fez um bico, enrugando as murchas dobras de sua boca, e tentou mudar de assunto:

– O que está acontecendo na cidade?

– Padre Lázaro cometeu suicídio.

Ele ergueu as sobrancelhas, mas permaneceu indiferente.

– Se você já tem tudo, por que precisa de minha ajuda?

– Matheus é muito esperto, mas vai precisar de alguém experiente ao seu lado.

– E vou ter de sair daqui?

– Vai, sim. Vamos morar juntos na sua casa e nos uniremos para montar esse empreendimento. Eu entro com o capital, Matheus com o trabalho e a criatividade e o senhor com a experiência.

– Isso não vai dar certo.

Expliquei os passos que deveríamos seguir para realizar esse projeto. Ele ficou atento, mas balançava a cabeça negativamente.

– Isso não vai dar certo – repetia.

– Só depois de tentarmos, saberemos. Conversarei com Matheus e voltarei em breve para vivermos juntos, como nunca vivemos antes.

Ele nada respondeu, talvez por estar desnorteado. O importante é que tive coragem de desabafar o que eu tinha em mente, coisa que nunca fiz. Seria melhor dar um tempo para ele digerir a ideia e depois voltar para um diálogo mais detalhado. Então pedi a bênção e deixei-o pensando sobre um novo e promissor futuro.

Entrei no carro e arranquei com destino à praça. Minha intenção era entregar a fita ao delegado. Mas, de repente, numa pitada de curiosidade, fiquei matutando sobre o que tanto conversaram um padre e um detetive antes do suicídio. Faria mal escutar a gravação antes de entregá-la? Acho que não, porque ninguém vai saber se eu não contar e, por outro lado, se eu entregar a fita agora, jamais saberei o que realmente aconteceu porque é bem provável que Jonas não me deixará ouvir a conversa entre o padre e o detetive. A oportunidade não seria melhor.

Então estacionei em frente a um terreno baldio, olhei para frente e pelo retrovisor – ninguém à vista – as casas também estavam fechadas. Pus a fita no som do carro e aumentei o volume até quase o máximo. E o que escutei, a princípio, foi barulho de passos, vários passos. Provavelmente de Clóvis atravessando o salão da igreja.

***

– Que ilustre presença! O detetive Clóvis em minha igreja! Pena que estou fazendo minha última oração e vou embora daqui a pouco. Entretanto, se você veio para conversar sobre o acidente com Tobias, é como eu já disse, já perdoei a todos e não estou interessado em consertar o carro.

– Tristes palavras, padre Lázaro: "minha última oração e vou embora daqui a pouco". Com este tipo de pensamento, quem se interessa por algum bem material? Ter ou não ter um carro não faz diferença alguma, não é?

– O que veio fazer aqui, afinal de contas?

– Falar sobre mudança de comportamento. Pois, para quem atacou um grupo de evangélicos há três semanas, impedindo-os de fazer um evento na praça, houve uma mudança muito brusca de personalidade.

– Tenho a obrigação de defender minha religião.

– Qual das duas? A atual ou a convencional?

– Do que você está falando?

– Da conversão que lhe acometeu nesta última semana.

– Eu? Eu me converti?

– Isso mesmo, Lázaro.

– Eu não sei do que você está falando!

– Pois eu sei, e estou aqui para ajudá-lo. Quero esclarecer os fatos e evitar que você caia em profunda desgraça.

– Você sabe muito pouco sobre minha vida, meu rapaz.

– Está enganado, Lázaro, sei mais sobre sua vida do que você mesmo.

– Quem é você para me conhecer melhor do que eu? Suma da minha igreja e não volte mais aqui!

– Tudo bem! Posso até ir embora, mas antes quero lhe contar uma coisa.

– E o que é?

– Eu sei quem matou Judith. Digamos que a fatalidade ocorreu dentro da casa paroquial e que nosso personagem teve a noite inteira para limpar todos os indícios que o incriminassem. Mesmo assim, ainda faltava a pior parte: como se livrar de corpo de Judith? Chamar pelo motorista particular e deixá-la em algum lugar fora da cidade? Não; ninguém poderia saber do ocorrido, nem mesmo Tobias. Dizer que foi um acidente dentro da casa paroquial? Não; é impossível explicar a presença da catequista àquelas horas da noite sem criar conjecturas. Deixar o corpo na praça da igreja? Não; alguém poderia suspeitar do nosso personagem. Então ele se lembrou do incidente entre Josias e Judith, quando o tal feiticeiro fez ameaças de morte. Surgiu a oportunidade que lhe pareceu a única forma de se safar, já que Josias tinha má fama. Aí, nosso personagem levou o corpo para o quintal, o largou no chão e riscou no barro uma estrela de seis pontas ao redor, criando um cenário macabro, o qual incriminaria o feiticeiro. Entretanto, faltava a forma como o assassino entraria no quintal, pois, sem ter a chave, como passaria pelo portão dos fundos? Seria melhor simular um arrombamento. E foi justamente isso que nosso personagem fez: ele abriu o portão, passou para o lado de fora e o trancou novamente. Teve de atingir certa distância para derrubá-lo, mas limitou-se ao meio-fio, deixando as pegadas de barro nas diversas tentativas, até derrubar o portão. Agora, sim, o cenário estava perfeito; era hora de ir embora. Então ele atravessou o quintal, pisou no primeiro degrau da escadaria de cimento grosso e sentiu a sola de seus sapatos carregadas de barro. Parou, pensou e concluiu que não seria correto subir o resto da escada com os sapatos sujos, porque isso o incriminaria. Então tirou os sapatos ali mesmo no primeiro degrau e prosseguiu descalço. Ficou aliviado ao calcular que a chuva poderia danificar os rastros, e quem fosse investigar poderia concluir que as pegadas no passeio surgiram após o feiticeiro ter deixado o corpo no quintal. Mas depois percebeu que o cenário não estava tão perfeito, porque se um investigador observasse minuciosamente os detalhes, descobriria que o barro do portão de madeira arrombado era o mesmo que se encontrava no quintal, e concluiria que o assassino fizera a manobra de dentro para fora, pisando primeiro no quintal para depois pisar no passeio público e aí, sim, arrombar o portão. Então nosso personagem, para destruir essa evidência, encarregou o carpinteiro, conhecido por Moisés, de dar fim a esse portão. E consciente de que ele é muito supersticioso, presumiu que o carpinteiro destruiria os destroços de madeira imediatamente, realizando uma verdadeira queima de arquivo.

— Isso é um absurdo! Eu posso processá-lo por isso, sabia, detetive?

— Mas não vai, pelo fato de que está mais preocupado em pôr um fim aos tormentos de sua alma.

— Eu não sei do que você está falando!

— Estou falando do seu arrependimento de ser padre e desta necessidade de destruir o passado, mas não é o passado que será destruído e, sim, você. Sei que pensa em suicídio, Lázaro, mas só alcançará a ruína se optar por esse caminho.

— Já chega! Você é um detetive e sua função é investigar as coisas. Só que agora é tarde. Digo isso porque somente Deus pode me ajudar. Vá embora, senão eu atiro em você!

— Não é estranho um padre orando de posse de um revólver? Sinceramente, fico estarrecido com este mal que o domina. Desabafe, Lázaro, conte-me o que realmente aconteceu. Prometo que vou ajudá-lo. Você pode superar este problema. Eu sei que pode.

— Só Deus pode me ajudar neste momento.

– Pois que seja o último ato de sua vida aqui na Terra, por favor, conte-me o que aconteceu entre você e Judith.

– Isso não faz diferença agora.

– Ainda existem pessoas que o veem como exemplo a ser seguido e, apesar de sua triste sina, elas precisam entender o que se passa em seu coração. Você não pode deixá-las.

– Não tenho tempo para lhe dar explicações.

– E se elas tentarem seguir o mesmo caminho? Você desejaria isso para elas? Falta muito para a meia-noite ainda, Lázaro, nós temos muito tempo.

– O quê?

– Você pretende se matar justamente no dia do aniversário de Judith, como prova maior de seu amor, não é? Sua ansiedade o denuncia, e enxergo o que ela quer dizer.

– Vá embora, detetive, e me deixe em paz!

– Não haverá paz se eu for embora, mas prometo sair se você abaixar esta arma e conversar comigo.

– Prefiro matá-lo!

– E iria para o Céu se matasse mais alguém? Será que Deus lhe perdoaria por tantas atrocidades? E o que você tem a perder, já que pensa em partir?

– Isso não é da sua conta!

– Então a escolha é sua. Ou você me conta ou me mata.

– Eu conto, desde que você suma logo depois do meu relato.

– Desabafe. É só isso que tem a fazer.

– Judith aceitou ser voluntária para dar aulas de catecismo e demonstrou ter vocação para o ramo. Os jovens da cidade aprenderam muito com ela, que com o tempo, ganhou a confiança de todos. Mas sua beleza seduzia-me; e ela percebeu isso. Tanto é que começou a prolongar seus serviços até tarde da noite. Às vezes, ficávamos a sós, e Judith, deliberadamente, tirava a blusa, realçando o corpo sedutor. O sorriso convidativo me causava calafrios. Ela tocava em minhas mãos sempre com segundas intenções. Seu olhar dardejante me fulminava. Seu perfume me extasiava e sua silhueta sempre cravava em minha memória quando ela se despedia. Até que um dia, não consegui controlar meus impulsos e a tomei em meus braços como um animal que obedece apenas aos instintos primitivos.

Meses se passaram e me habituei a fazer amor com ela. Cheguei até a lhe entregar uma das enormes chaves que abrem a porta da casa paroquial para facilitar sua vinda.

O problema é que ela era noiva de Samuel, filho de Moisés, o carpinteiro. E por nosso azar, ele veio à sua procura por um motivo qualquer, fora do horário das aulas de catecismo. Samuel abriu a porta da sala e nos pegou aos abraços.

Semanas depois ele foi para os Estados Unidos, deixando todos os seus empreendimentos na responsabilidade de sua família, sem contar para ninguém o porquê de sua repentina partida.

Enfim, apesar dos males, agora éramos apenas eu e ela. E, depois do susto, voltamos a nos encontrar com mais ardor.

A intimidade pululava de forma voluptuosa. Fizemos promessas de amor eterno. Programamos vários sonhos em que nos víamos num futuro paradisíaco e envolvente. Ela me chamava de "príncipe encantado" e me acariciava como a mais experiente de todas as mulheres. Voz sedutora. Corpo sedutor. Perfumes e beijos... Apaixonei-me de tal maneira que era impossível fugir. E durante esse tempo todo, fiquei a arquitetar minha verdadeira felicidade, até chegar à conclusão de que eu deveria desistir de meu ofício. Então juramos transformar nossas promessas em realidade e concretizar nosso amor, bem distante daqui.

Só que no mês passado houve numa festa no Magalhães, um bairro fora da cidade, e Tobias, meu motorista, levou-me para celebrar uma missa. Porém, nesse dia, Tobias não suportou a tentação e bebeu. Eu tinha a missão de ajudá-lo a se abster do alcoolismo, mas era só eu dar as costas e ele fatalmente bebia. Tive de dirigir o jipe no retorno para casa, pois ele não tinha condições.

E mesmo com pouca experiência, consegui chegar até a cidade. Só que deixei o motor apagar na descida de uma ladeira, e então desliguei os faróis para não comprometer a bateria. Prossegui dessa forma até chegar ao redutor de velocidade, próximo à esquina do beco da casa de Judith, e lembrei-me de não tê-la visto na festa no Magalhães.

Passei pelo robusto redutor, dei a partida no motor e liguei os faróis. Naquele momento, quando a luz invadiu o beco, vi um vulto entrando às pressas na varanda da casa de Judith. Era franzino, e só isso eu vi.

Pensei em dar marcha ré para ter certeza de minha visão, mas não sou bom motorista, e também temi que Tobias acordasse de sua embriaguez. Resolvi levá-lo para sua casa, guardar o carro e voltar a pé.

Enquanto eu retornava pelas ruas de pouca claridade, minha cabeça se enchia de maus presságios. A possibilidade de alguém estar na cama com ela naquele momento me desesperava, fazendo com que o coração batesse tão angustiado que chegava a martelar nos tímpanos.

Então segui caminho e entrei no escuro beco. O baixo portão da varanda da casa dela estava aberto, e a porta de entrada também. Andei sem fazer barulho até quase pôr a cabeça do lado de dentro, na fresta que a porta deixava. Escutei sussurros que vinham do quarto dela e senti uma dor no fundo da alma; não queria acreditar que aquilo estivesse acontecendo comigo.

Obriguei-me a entrar para confirmar a suspeita, e empurrei a porta com cautela, porém, um rangido das dobradiças ressoou escandalosamente, fazendo silenciar os sussurros que vinham do quarto. Firmei a mão na maçaneta, tentando impedir a propagação daquele ruído, mas era tarde – eles já tinham percebido. Escutei os passos de alguém e corri como nunca para evitar um confronto.

Os dias se passaram e uma inquietude me dilacerava.

Eu tinha de voltar a ser o que era antes. Pior. Ser aquilo que eu não queria ser: um padre. Afundei-me de corpo e alma nas minhas obrigações para encobrir as feridas deixadas por uma mulher que amei cega e profundamente.

Mas eu estava tão furioso com esta situação que confesso que desabafei minha fúria sobre os pobres evangélicos que estavam fazendo um culto na praça da igreja. E quase dispensei os serviços de Tobias, meu motorista, porque pegou o carro sem minha permissão para socorrer a mãe dele. Ela havia torcido o tornozelo por causa da queda de Josias aos seus pés, no momento em que saíam da praça. Como eu ainda tinha o compromisso de fazê-lo parar com a bebida, deixei-o ficar.

Fiz de tudo para afugentar os pensamentos ruins com os ininterruptos afazeres. E para impedir a entrada a dela casa paroquial, eu deixava a chave na fechadura, obstruindo quem tentasse abrir a porta pelo lado de fora, já que Judith também tinha uma cópia da chave.

Até que num domingo chuvoso, três semanas atrás, a igreja ficou aberta até mais tarde porque vários fiéis optaram por esperar a estiagem para depois ir embora. Só que Judith estava lá, e eu não queria nem ao menos cruzar meu olhar com o dela. Então pedi a uma das catequistas que trancasse as portas da igreja após todos se retirassem, e fui embora às pressas.

Já no quarto, apaguei a luz e deitei-me convicto de que esse pesadelo um dia acabaria. E tomei um susto quando a luz se acendeu misteriosamente; foi então que vi a mulher que infernizava minha vida encostada à porta, como uma imagem emoldurada.

Ela estava mais bela do que nunca. Os cabelos molhados, batom, perfume, pele clara, olhos cor de mel, nariz afilado e maçãs do rosto salientes eram atributos da mais perfeita feminilidade que já vi em toda a minha vida, um convite ao fogo ardente que me consumia de forma incontrolável. Contudo, por trás daquela beleza, havia um demônio. E a lembrança da traição era mais forte que a vontade de fazer amor com ela.

O problema é que nesse dia me esqueci de deixar a chave na fechadura impedindo que abrissem a porta pelo lado de fora, e ela não perdeu a oportunidade.

– Como pôde entrar aqui?

– Foi você mesmo quem quis assim, esqueceu? – disse ela, mostrando-me a chave de um palmo de comprimento.

– Refiro-me à sua ousadia!

– Minha ousadia é a nossa ousadia! – riu, aproximando-se da cama.

– Pare!

Levantei-me e pus um roupão. Ela fez uma cara de desentendida e quis me abraçar, mas eu a empurrei.

– O que está acontecendo, Lázaro?

– Vá embora daqui, agora!

Ela fez um semblante de pobre coitada e revelou que vinha todas as noites para nos encontrarmos, só que não conseguia abrir a porta estando outra chave do lado de dentro.

– Por que você está sendo tão bruto comigo? – choramingou.

Dei as costas, desci as escadas e a esperei junto à porta de saída. Judith veio em passo lento, deslizando os dedos no corrimão até tocar na esfera de madeira que adorna o princípio da escadaria e parou no último degrau. Indiquei-lhe a saída, no entanto, ela não quis ir.

Então expliquei o que vi na casa dela na noite em que voltei da festa no Magalhães. Contei tudo, nos mínimos detalhes. Judith ficou alarmada e começou a respirar como se tomasse um susto.

– Mas eu também estava na festa...

– Mentira!!! – gritei – Porque, se estivesse lá, não deixaria que Tobias enchesse a cara na bebida. Eu tive de vir dirigindo, sabia? Muitos se aproximaram para me ajudar e, se você estivesse por perto, veria o que estava acontecendo.

– É que eu tinha tanta coisa para fazer...

– E você acha que não a procurei? Com que você estava tão ocupada?

– Você está me deixando nervosa!

– Está nervosa porque tem a consciência pesada. Vá embora e não volte nunca mais!

– Não faça isso comigo, Lázaro, por favor!

– Você é doente, Judith, vá viver sua vida maldita sem me comprometer com suas aventuras.

– Você não pode me deixar no momento em que mais preciso de seu apoio.

– Apoio?

– Tive um incidente com Josias, e ele fez ameaças estranhas. Dizem que ele é feiticeiro e jogou praga em mim. Preciso de alguém para me proteger.

– Vá rezar! É disso que você está precisando.

– Isso não é justo, Lázaro, olhe para mim! Olhe se eu tenho coragem de traí-lo?

– Se você traía seu noivo comigo, é sinal de que tem coragem de fazer muita coisa.

– Mas agora é diferente, meu príncipe encantado. Eu te amo demais! E você sabe disso.

– Ama coisa nenhuma! E não me chame de príncipe encantado!

– E quanto aos nossos projetos de ir embora daqui, hein? De sermos marido e mulher. E nossos filhos?

– Como pode ser tão cínica?

Peguei-a pelos braços e lhe tirei a chave. Tentei abrir a porta para expulsá-la à força, mas ela se soltou.

– Não vou embora desse jeito. Você não pode deixar que nosso relacionamento acabe por causa de um mal-entendido.

– A porta ficará aberta, Judith, e irei para meu quarto. Quero que saia sem levar a chave e que nunca mais volte a me importunar.

Dei as costas, comecei a subir as escadas, mas fui agarrado pelo roupão, quase me imobilizando.

– Eu te amo, Lázaro!

Tive de me libertar com gestos bruscos e empurrá-la. Começamos uma nova discussão. Judith chorou como criança mimada, jurando inocência. Permaneci indiferente e continuei a subir as escadas sem ter um pingo de piedade.

– Eu te amo! – gritava ela. Sua vontade de me abraçar era mais do que inconveniente.

No meio da escadaria ela me agarrou novamente pelas costas, e eu, nervoso, tentei me libertar de seus braços abruptamente. Não foi fácil sair de suas garras. Judith gritava "eu te amo" sem nem mesmo tomar fôlego. Quando eu me soltei, ela se desequilibrou e caiu para trás, batendo a nuca na esfera de madeira que adorna o princípio do corrimão. Assustei-me com o barulho de sua queda, virei-me e vi seu corpo estendido, em convulsões. O sangue começou a escorrer na cabeça, boca e narinas.

Tentei reanimá-la, mas percebi que o pescoço havia quebrado com a queda. Não havia tempo de levá-la para o hospital... E o resto, foi exatamente como você disse, ou seja, limpei tudo e deixei o corpo no quintal para incriminar o feiticeiro.

Contudo, detetive, acho impossível que alguém acredite nesse relato. Você não conseguirá levar adiante esse processo.

– A não ser, Lázaro, que você tenha usado luvas para abrir o baú de correspondência dela para não ficar marcadas suas digitais no lugar.

– Você é um ótimo detetive! Realmente não pensei que alguém iria supor que eu atravessaria a praça, naquela mesma trágica noite, para guardar a chave da casa paroquial no quarto dela. O lugar que escolhi era estranho, sim, só que, levando em conta que a chave do baú estava bem guardada, ali seria o lugar ideal para que ninguém percebesse que ela tinha necessidade de ir frequentemente à casa paroquial, afastando-me ainda mais como suspeito de sua morte. Então retirei os pinos das dobradiças, abri o bauzinho pelo lado oposto, joguei a chave dentro e fui embora, deixando tudo como estava antes. Neste caso, você vence, pois minhas impressões digitais ficaram naquele baú.

– O que me comove em suas revelações, Lázaro, é o tom jovial de sua fala. Por acaso, você ainda tem algum rancor de sua adolescência?

– E o que isso tem a ver?

– É que este jovem aventureiro ainda o acompanha, sabia?

– Você sabe muito pouco de minha vida. Já fiz o que queria. Agora vá embora.

– Você não matou Judith. Foi um acidente.

– Sei disso. Minha consciência está mais leve do que você imagina.

– Então você sabe me explicar como este "eu te amo" tanto o atormenta? Seria essa a voz de sua consciência ou de sua aflição?

– Ela está me chamando, detetive, eu ouço essas palavras latejando em minha mente. Isso me faz lembrar sua triste morte. Isso me conscientiza de que a culpa é minha.

– Essa voz o desorienta, Lázaro, a ponto de fazer o que quiser de você.

– Então, que seja feliz o meu destino.

– Este caminho é muito fácil de caminhar. Você tem noção para onde vai?

– Vou para o Céu! Sei disso porque a missa de hoje foi uma celebração para o perdão de nossos pecados. Rezei para que Judith e eu fôssemos perdoados pelo Altíssimo, e sei que Deus a levou para um lugar onde iremos ser felizes por toda eternidade.

– E quanto ao seu passado, seus erros e frustrações. Também foram perdoados?

– Não quero saber do passado porque o presente é o que importa. É a visão atual que Deus tem de mim que prevalece neste momento.

– Mas se você perdoou a Judith, deveria então se perdoar de seus próprios tormentos, porque, querendo ou não, isso também faz parte de sua vida, como se você traísse a si mesmo.

– Eu não sou obrigado a fazer isso!

– Não há nada de escondido que não seja revelado, e não há nada de oculto que não venha a ser reconhecido.

– Não me compare aos ímpios, detetive. Eu não sou como aqueles que praticam a iniquidade; que falam de paz, mas têm perversidade no coração. Sei que Deus será misericordioso para com meus erros, e jamais se lembrará de meus pecados, livrando-me do tão pesado sentimento de culpa.

– Se Ele pode fazer tudo isso, por que você se limita a perdoar os seus próprios atos?

– Isso não é da sua conta!

– Óbvio que não. Apenas estou lhe pedindo para reconhecer seus próprios defeitos. Por que você não quer fazer isso?

– Porque não vejo motivo.

– Não vê o motivo ou não enxerga o perigo que o rodeia?

– Estou ciente de que não existe perigo algum me rodeando.

– E se Deus lhe perguntar pelo jovem que você foi um dia e pedir-lhe explicações sobre ele? Vamos supor que esse rebelde estivesse aqui, no alto da mesa, com o inconformismo de um aventureiro que realizou sua escolha profissional, mas agora traz o arrependimento estampado no rosto. Imagine que ele quisesse ser alguém que pudesse ser visto e aclamado por todos, já que sempre fora apenas um na multidão e não suportava tamanha insignificância. E hoje, depois de alcançar o topo de suas pretensões, ele se revolta por não ter obtido a felicidade tão almejada, desejando galgar degraus mais elevados com o intuito de suprir a ambição que o domina. Olhe para o alto da mesa à sua direita, Lázaro, olhe como ele consome sua alma até que você não tenha outra opção a não ser escutá-lo. A única coisa que você ouve é este obcecado "eu te amo", como se ele quisesse induzir em você a dor da culpa da qual somente ele é responsável.

– Dessa forma, então, eu diria a Deus que aceito a culpa, de corpo e alma.

– E você lhe perdoaria por tê-lo manipulado todo esse tempo? Tente relembrar a insatisfação que o acompanhou nos momentos de traição! Quem elaborava fantasias que serviam apenas para perturbá-lo? Quem o induziu a ir até a casa de Judith, convencendo-o de que você não dormiria tranquilo caso não tirasse a dúvida a respeito do vulto que viu no beco? Será que não percebe que foi esse mesmo jovem que o fez se apaixonar por Judith? Que foi ele que o manipulou, fazendo-o desejar este mundo utópico onde sua felicidade seria garantida?

– Eu não posso acreditar nessas coisas.

– Neste momento ele está lhe induzindo à urgência do tempo, e é nisso que você está pensando. "O tempo está acabando, preciso ir embora!" Tem certeza de que vai conseguir perdoar todas as maldades que ele fez com você? Pois pode estar certo de que não, Lázaro, e sabe por quê? Porque é ele que você deseja matar. É ele que merece levar um tiro para libertar sua alma, porém esse jovem aventureiro está levando-o a destruir seu corpo, sua carne, como se fosse você que deveria morrer no lugar dele.

– Sou um ser humano comum e sei que Deus...
– Você não é obrigado a ficar dando chibatadas em suas próprias costas! Onde está sua capacidade de superar? E seu dom? E o poder de suas palavras?
– Eu já não sirvo para este mundo.
– Deseja ir para o Céu com esses pensamentos? Foi para isso que Deus o criou?
(Soluços.)
– Deixe-me lhe ajudar, Lázaro, venha comigo e eu...
– Fique onde está!
– Tudo bem! Abaixe esta arma, por favor. Só quero que compreenda que o tempo está acabando, e você deve tomar uma decisão.
– Devo ficar para decidir meu destino.
– Então você deve matar alguém. E a escolha é sua. A única coisa que posso fazer é apresentar-lhe seus tormentos. É você que vai decidir quem vai e quem fica, mas se você deseja ficar, peço que se lembre de todas as coisas ruins que esse jovem em pé sobre a mesa fez você sofrer durante a vida... E atire nele.
– Como você sabe tanto sobre mim?
– Sei porque entendo como é estar em seu lugar. Basta enxergar sua dor e depositá-la em mim. Aponte a arma para ele, Lázaro. Ignore os danos que haverá nas paredes, ignore essa obsessão religiosa, ignore o tempo, e mate este jovem.
(Soluços.)
– Ordene que nunca mais mencione "eu te amo". Aponte a arma, Lázaro. Isso, muito bem! Deixe seu pranto de lado e tente visualizá-lo. Veja sua dor produzida por ele. Veja-o com os olhos semicerrados, braços cruzados, torcendo para que o pior aconteça. Isso! Projete seu ódio nesse ser maligno e diga o que você deseja neste momento.
– Eu quero... Eu quero... Matá-lo.
– Justamente. Você quer que ele saia da sua vida e nunca mais volte a importuná-lo. É isso que você quer, certo?
– Certo.
– Então atire nele, Lázaro, faça o que seu coração deseja!
– Mas isso não vai adiantar.
– E há outro jeito de saber, se você não tentar? Seja corajoso, Lázaro, atire nele.
– E quanto a Judith?

– Sua vida em primeiro lugar!
– E o que será de mim?
– Seja a potência que você sempre foi, e Deus mostrará o caminho a seguir. Liberte-se! Mostre aos anjos o poder de sua fé, e faça com que o Céu aplauda sua nobre e sábia atitude!

* * *

Um breve silêncio... E o padre gritou o nome de Deus de forma aterrorizante, mas o som de um tiro calou sua voz.

Fiquei boquiaberto quando a gravação acabou e mudou, imediatamente, para uma das músicas dos *Beatles*: o ordinário do detetive gravou o suicídio do padre na minha fita favorita – filho de uma...!

Com tanta fita neste mundo, tinha que ser logo a minha? E se o camelô não tiver outra para vender? E se não conseguir...

Pensando bem, já é hora de tomar uma decisão adulta e parar de fugir de mim mesmo. O que consegui com esta porca filosofia de vida? O que ganhei com isso até hoje?

Chega de esperar que a vida aconteça aos meus propósitos, e começar a construir meus propósitos para fazer acontecer a vida!

Dois Anos Depois (Final)

Sentado na área de serviço da casa de meu pai, quis descansar minhas vistas de um bom livro de mitologia, e fiquei a contemplar o fim da tarde que modificava a tonalidade das nuvens à medida que o sol se punha.

Foi engraçado saber que os gregos antigos acreditavam que uma carruagem levava o sol de um lado para outro do mundo, e que o mundo não era redondo, mas achatado como um disco. Ainda bem que esses mistérios já foram desvendados.

Mas, na verdade, o que eu queria ler mesmo era o livro que Clóvis escreveu. O carteiro, ontem à tarde, entregou um livro intitulado: *O Pensamento Trianímico*, e uma carta anexa, que peguei primeiro para ler. E confesso que fiquei impressionado com o que li.

Clóvis estava muito feliz, escreveu, e um dos motivos de sua felicidade é que ele estava curado das visões angelicais que tanto lhe atormentaram nestes últimos sete anos. A cura veio de um novo encontro que ele teve com Deus, que lhe concedeu a oportunidade de desistir de sua missão. Optou, então, por desistir porque havia alcançado o mérito, e foi humilde para aceitar que isso já era suficiente. Ele sabia exprimir muito bem em palavras sua felicidade e escreveu como conseguiu salvar uma alma, mas foi Deus que anteriormente lhe passou a notícia, pois ele não sabia de nada até o momento. A alma que foi salva do caminho do inferno era justamente a minha – eu estava salvo!

Então chorei.

Há uma coisa que o detetive Clóvis disse que jamais esqueço, que um sol frio tem seus planetas frios e um sol quente tem os seus planetas quentes. É uma metáfora óbvia, mas hoje sei o quanto uma energia diferente pode mudar o mundo ao nosso redor.

    Vendi minha casa e meu carro e consegui levantar um bom dinheiro. Reabri o armazém. Tirei meu pai do asilo e o trouxe para junto de minha família. Ele havia duvidado do empreendimento, no entanto, quando viu o sucesso da inauguração do armazém e o número de clientes que o estabelecimento alcançou logo no primeiro mês, ficou muito entusiasmado. Como não se esqueceu das amizades que fizera no asilo, logo conciliou o tempo para ajudar Matheus com seus conselhos experientes no comércio e sua caminhada até o antigo lar para rever os amigos e cuidar de seu tomateiro. Matheus demonstrou muita agilidade como gerente, apesar da pouca idade. Entende bem os conselhos do avô e tem uma notável visão sobre como atrair ainda mais a freguesia. Fiquei com a minha autoestima lá nas alturas quando vi meu filho andando, na praça da igreja, de mãos dadas com Eva, a filha do prefeito. Mas deixo claro que agora só tenho olhos para a minha amada Madalena, a mulher de minha vida. Maria me vê mais como amigo do que como pai; e eu faço tudo que posso para esclarecê-la nessas confusões que marcam o princípio da adolescência. Gabriel é meu fã de carteirinha; ele adora quando ficamos na varanda contemplando o céu e discutimos sobre constelações, planetas, fases da lua e coisas que aprendi no livro de mitologia. Madalena não estava preparada para tais mudanças, principalmente de forma assim tão repentina. O diálogo foi importante para que eu pudesse mostrar-lhe a necessidade de lutar por uma vida melhor e ver a vida com menos ceticismo. Aos poucos, ela foi rompendo suas barreiras e tornou-se uma grande aliada. Aprendeu a balancear sua alimentação, emagreceu e fez com que eu, também, me preocupasse com isso: sinto-me melhor agora que minha barriga diminuiu!

    Depois de ter ouvido a fita – dos *Beatles* – que reproduzia a discussão entre o padre e o detetive, retornei à praça da igreja e a entreguei a Jonas, o delegado, que se reuniu com outros profissionais e, juntos, fizeram uma análise do conteúdo da gravação. Concluíram que se tratava de suicídio premeditado, que o detetive Clóvis tentara evitar a todo custo. E o caso ficou assim consumado.

    Os repórteres foram deixando a cidade logo após conseguirem o conteúdo das informações que deveriam repassar para suas emissoras, até que a poeira se assentou e Rio Vermelho voltou a ser o que era.

Um novo padre substituiu provisoriamente o suicida, mas já está na cidade há dois anos.

Analisando o comportamento dos seres humanos, chega-se à conclusão de que tentamos viver como se fôssemos os únicos e que não há no mundo alguém que nos assemelhe, mas a verdade é que tudo é repetido. Tudo igual. Durante gerações o ser humano imita o ser humano. Pior é descobrir que tudo isso não nos leva a nada, ou quase nada.

Pensando assim, fiz em mim uma verdadeira mudança, aceitando a verdade de que sou feito de pó e a única diferença é que Deus me deu de presente a consciência de contemplar as outras coisas.

E, meditando sobre os valores fundamentais da vida, fui lentamente moldando uma nova filosofia, burilando minha personalidade que, antes, eu acreditava ser perfeita e que agora reconheço tão cheia de imperfeições. E essa transformação ficou tão evidente que muitos perceberam as mudanças e reconheceram minhas recentes qualidades. Tanto é que recebi um convite para ser candidato às eleições num partido político... E eu aceitei.

Aprendi a fazer minha parte para amenizar o sofrimento do próximo. Comecei a caminhar mais, a observar melhor a natureza, a ouvir o que as pessoas tinham a dizer. Fui verdadeiro sem precisar falar muito, sem fazer promessas e propagandas, pois as minhas atitudes valiam mais do que falsas encenações.

Dessa forma, consegui a maioria absoluta dos votos de um povo cansado de tantas promessas e projetos inadequados. Venci as eleições para prefeito de Rio Vermelho.

E, como prefeito, ampliarei o trabalho que iniciei antes mesmo de minha candidatura, e incluirei um Centro Cultural para estimular a arte popular, pavimentação de diversas ruas, cursos profissionalizantes e auxílio às famílias carentes de minha comunidade. Ah! Amenizarei, também, o tamanho do redutor de velocidade da praça da matriz e outros.

Tomarei posse em janeiro próximo; e, se Deus quiser, vou juntar um dinheirinho para recuperar a minha Variant.

Os anjos do detetive Clóvis foram imprescindíveis ao meu crescimento intelectual. Minto. Os meus anjos foram imprescindíveis e cruciais para que eu pudesse pôr ordem em minha mente. Foi inacreditável quando comecei a me ouvir, a me estudar, a me descobrir; e pior que isso foi quando comecei a assistir meu comportamento mental, distinguindo quem era o anjo mau e quem era a minha alma. Triste foi saber que o anjo mau controlava a maior parte de meus pensamentos, comandando minha vida quase por completo.

Por isso, parei de ser pessimista, procrastinador e crítico.

E mais: adquiri o hábito da leitura.

Minha intenção foi fazer dos livros uma espécie de tutores para minha alma, ao passo que eu estaria enriquecendo meu fraco vocabulário para compreender melhor os textos e, quem sabe, mais tarde, preparar uma autobiografia. Não que eu pretenda me imortalizar, longe disso, mas achei bacana publicar como um estranho detetive apareceu aqui na cidade para desvendar um assassinato e conseguiu, quiçá sem querer, curar os males de minha alma.

Talvez não faça sucesso como os livros dos grandes escritores. Talvez não seja aceito pelo mercado e nunca passe da primeira edição. Mas ficarei feliz se servir como um "empurrãozinho" para aqueles que, porventura, o lerem. Meu objetivo será a busca da sensibilidade, filosofia e reflexão, e, de quebra, que encante aqueles que adoram uma boa leitura. O importante, no meu entender, será a oportunidade de mostrar que é possível dar a volta por cima quando se aprende a questionar mais sobre as próprias atitudes, não só do presente como também do passado, por mais duro que seja.

E enquanto não me sentir verdadeiramente capaz de criar algo extraordinário, farei ensaios poéticos e serei compassivo para que o resto de minha vida seja tão significante quanto possível, jogando para dentro de mim essa essência inexaurível produzida pela sabedoria que Deus semeou sobre a Terra.

No mais, deixarei que minha mente viaje nas ideias sobre como escrever meu livro, e ficarei aqui sentado na área de serviço, a descansar as vistas de um bom livro de mitologia e a contemplar um maravilhoso pôr do sol em amarelo-cromo e oca dourada...

F i m